SOMMAIRE

I0529694

Chapitre 1

Ma décision est prise, je prends ma vie en main. Le cap de la trentaine est dur à digérer, c'est comme une boule de feu qui me consume de l'intérieur … Il me fait prendre conscience du temps passé. Les années se sont écoulées à la vitesse de la lumière, hier encore je passais mon baccalauréat entourée de mes copines.

Trente ans me semble le bon moment pour établir le premier bilan de sa vie : études finies, boulot instable, vie amoureuse d'après mon statut Facebook « compliqué ». La réalité me rattrape, ce dernier n'est pas très concluant. Une envie d'aventure m'envahit c'est pourquoi un changement de paysage s'impose. Ma décision est prise hâtivement et la mise à exécution est instantanée. La préparation de ma valise est rapide grâce à la panière de linge propre qui végète dans mon salon depuis plusieurs jours (le repassage et moi : ça fait deux, mais, qui est le maso qui a inventé le fer ? ce ne peut être qu'un homme), et je réserve un vol direction Montréal…

La destination de mon escapade s'est faite naturellement. Le Canada est un pays attirant tant au niveau des paysages qu'au niveau de ses habitants. Nos cousins respirent la convivialité et la joie de vivre, et je compte bien vérifier si ces aprioris sont vrais.

Au fait, je ne me suis pas même présentée, je suis Alexe et trentenaire. Mon quotidien m'exaspère. Un sentiment d'étouffement m'emprisonne depuis quelques temps et la promiscuité prépondérante entre les habitants dans mon petit village de France n'aide pas à mon aération d'où ce besoin d'évasion et d'aventure. Rien ne se passe comme je le voudrais.

L'horloge tourne, elle affiche déjà vingt-trois heures. Une satisfaction me submerge car en seulement trois heures, ma vie prend un virage à trois cent quatre-vingt degrés. Néanmoins, la prudence veut que je prenne le temps de vérifier sur ma liste si rien n'a été oublié.

✓ Valise

✓ Passeport prêt

✓ Billet réservé et à récupérer à l'aéroport

✓ Mail pour annoncer mon départ à mes parents

✓ Prise de contact à Montréal pour faire du couchsurfing.

(le couchsurfing est un système basé sur la convivialité et la générosité à l'état pur puisque des inconnus nous hébergent gratuitement pour une nuit ou plus).

Tout est validé pour le départ, il ne reste plus qu'à essayer de dormir un peu avant le grand saut à l'aube. Une aventure nouvelle s'offre à moi et c'est tout ce dont j'avais besoin pour me sentir à nouveau vivante....

Chapitre 2

L'endormissement a été dur à trouver entre excitation, stress, peur de l'inconnu …Quand le réveil sonne à quatre heures du matin, les prémices de ce changement me happent malgré le manque de sommeil. Pour la première fois, le besoin est plus fort que la peur car toute ma vie s'est résumée à me conformer à ce que les autres attendaient de moi aussi bien à l'école qu'à la maison. La docilité était une seconde nature pour éviter de décevoir et mon aversion pour la prise de risque facilitait celle-ci. Mais aujourd'hui, en choisissant de ne pas écouter l'alarme « Danger » qui résonne dans ma tête, mes angoisses internes s'estompent.

Apres une bonne douche et avoir englouti un petit déjeuner, mon périple commence par la petite gare de mon village. Une vraie expédition s'annonce pour rallier cette dernière à Paris puis à l'aéroport Roissy Charles de Gaulles. La rame du train est presque déserte. Un homme en costume trois pièces somnole au fond tandis qu'à l'entrée, deux jeunes un peu éméchés, dégageant une forte odeur pour cette heure si matinale, discutent un peu fort. Mon goût pour l'aventure étant tout récent, la prudence me suggère de m'installer à proximité de l'homme. Me calant au fond du siège, mon regard divague sur le défilé qui s'offre à lui : des paysages de campagne monotones et le nouveau jour qui se lève.

A Paris, la ballade continue en métro. Cette fois ci, la solitude m'a quittée, de nombreux voyageurs se sont joints à moi jouant un ballet incessant de valises entre les stations. L'exaltation générale envahit la rame, chacun affiche cet air de satisfaction. Le plaisir de partir.

La délivrance tant attendue arrive. En effet, à six heures, mes pieds foulent le sol de l'aéroport et mes yeux jubilent en regardant au loin les avions décoller. Le bonheur de savoir que d'ici quelques heures, je ne serai qu'une inconnue dans la masse, m'inonde ; être enfin moi-même, sans rumeur, sans photo, sans insulte....

L'immensité du hall me fait prendre conscience que je suis perdue. Les panneaux affichent les différents terminaux. Un vrai labyrinthe. Cependant, mon inquiétude s'enfuit lorsque qu'au loin, je repère le Saint Graal. Un drapeau flotte dans les airs aux couleurs de ma compagnie aérienne. Mes pas sont hâtifs pour aller récupérer mon billet.

L'aéroport est organisé comme une ville : des panneaux, des sens de circulation, des policiers, des pompiers. Le spectacle des vacanciers est impressionnant vu l'heure matinale. Les guichets d'enregistrement sont pris d'assaut m'obligeant à prendre place dans la file d'attente pour me soulager de mon unique valise. La période de septembre est propice aux vêtements légers ce qui m'a permis d'alléger au maximum mon bagage.

Le panel des personnes autour de moi est diversifié que ce soit par leur âge ou par leur situation familiale mais une chose les rassemble, chacun arbore un sourire et un entrain sauf un homme. Mon regard se pose sur lui car ses traits sont fermés et froids ce qui contraste avec l'ambiance générale. Son visage déverse des informations sur son âge, je dirais la bonne cinquantaine comme mes parents. Mais le plus troublant est son regard, il m'horripile. Il dégage quelque chose de malsain qui me met mal à l'aise. Son insistance accroit mon mal-être car même si je vaque à mes occupations en me procurant le dernier livre à potins de star pour dans l'avion, la sensation d'être épiée ne me quitte pas.

Dans le hall d'embarquement, mon observation devient plus minutieuse. Ses yeux sont toujours braqués sur moi mais notre proximité me permet de le détailler davantage et ainsi de confirmer qu'il pourrait être mon père et de constater ses goûts douteux pour la mode. En effet, son pantalon en velours et sa chemise à carreaux ne sont plus tendance depuis plusieurs années.

Enfin l'heure de l'embarquement arrive, l'avion décolle d'ici une heure normalement. Présentant mon billet à l'hôtesse, un bruit s'extirpe de mon sac. Sans même regarder l'écran de mon téléphone, je sais de qui il s'agit car un soir d'ennui, mon occupation a été de personnaliser les sonneries pour chacun de mes proches. Et celle-ci est attitrée à ma mère, qui avait déjà dû recevoir mon email. La peur de l'entendre me faire la morale me paralyse quelques secondes mais l'envie de la rassurer m'oblige à décrocher.

— Ma chérie, tu es sûre de vouloir partir seule ?

Sans même un bonjour, elle débite sa phrase. Son timbre de voix révèle son inquiétude.

— Maman, je sais que ce n'est pas dans mes habitudes d'agir sur un coup de tête mais j'ai besoin de m'aérer l'esprit et ici c'est impossible.

Son souffle résonne dans mes oreilles. Elle a l'air débitée, mais hélas, je n'ai pas le temps pour ses états d'âme, l'hôtesse me fait signe qu'il faut absolument embarquer.

— Maman, je dois aller dans l'avion, je te laisse mais promis, je t'appelle dès que j'ai atterri là-bas.

— D'accord, sois prudente, me concède-t-elle.

8

Chapitre 3

Mon cœur est malmené. Ses contractions en deviennent douloureuses lorsque son étau se resserre au fur et à mesure que mes jambes s'approchent de l'avion. Mon baptême aérien a le pouvoir de m'angoisser, ce n'est pas tant d'être dans les airs qui me paniquent que d'être enfermée dans une boite de conserve. La claustrophobie est paralysante mais mon cerveau oblige mon corps à continuer son chemin.

La porte de l'appareil est en vue. Le personnel de bord m'accueille chaleureusement en me guidant vers ma place. En dépit de ma peur, une vague de soulagement m'envahit lorsque je prends conscience que plus personne ne m'épie. Le pervers est sorti de mon champ de vision. Hélas, ce sentiment n'est que temporaire puisqu'en arrivant à mon siège …

SURRPISE !!!

C'est bien ma veine. Deux yeux malveillants se reposent sur moi pendant que les miens partent à la conquête d'une échappatoire. L'horreur, aucun siège ne semble libre et l'avion est prêt à décoller de ce fait, je suis obligée de m'asseoir à ses côtés. La résignation de passer les sept prochaines heures coincée entre le hublot et lui me dégoûte. Mon malaise s'accroît lorsque mon nez est agressé par son odeur de sueur, de renfermé mélangé avec un parfum premier prix. Ma consolation de ne pas l'entendre fut de courte durée puisqu'à peine étions-nous en l'air que monsieur entreprit de façon directe et peu romantique de flirter. Sa main effleure mon genoux, lentement et à plusieurs reprises. A force de décaler mes jambes, la place venait à me manquer. De plus, mes nausées sont accentuées par son regard, une lueur d'excitation et de désir y pétille. En retour, j'ose espérer que mes yeux expriment le dégoût qu'il m'inspire. Mais la réalité me glace le sang : un sourire de satisfaction orne son visage.

— Bonjour je m'appelle Paul, et vous belle demoiselle ?

— Alexe, bégayai-je

— Vous voyagez seule ? Vous êtes célibataire ?

La question délicate ... si je dis la vérité, cela va l'encourager à continuer son jeu de drague donc j'opte pour le mensonge.

— Non, mon copain est ailleurs dans l'avion. Nous n'avons pu avoir de places l'un à côté de l'autre.

L'espérance que cette fourberie suffirait à éteindre ses ardeurs et me permettrait de profiter du voyage pour me reposer, s'évanouit lorsque son rictus s'accentue. Mon cerveau supplie mon corps de lui donner une réponse spectaculaire en lui vomissant sur son superbe pantalon, mais seule des nausées m'insupportent. Dommage !!

L'ignorance me paraît être la meilleure réponse à cette situation. Mon organisme s'installe confortablement pour essayer de se relâcher. Les bras posés sur les accoudoirs, ma tête calée contre le hublot. Mes paupières se ferment sous la mélodie de Kyo. Mon imagination divague sur mon périple mais elle est interrompue par des doigts sur ma cuisse. Ils font des va et vient sur mon jean pendant qu'une autre main s'attèle plus haut au niveau de mon débardeur. Lorsque j'exige à mes paupières de se soulever, mon regard croise le sien qui ne véhicule aucune gêne, comme si tout est normal dans le meilleur des mondes. Mon regard s'accorde avec ma main pour agir en simultané. La collision de cette dernière avec sa joue rompt le silence de l'habitacle à tel point que nos voisins de devant se retournent pour constater la situation. Ma hargne me confie sa chance que je sois attachée et que l'espace dans un avion soit réduit sinon mes cours de self défense l'auraient meurtri. Son absence de réaction me suggère qu'il est un adepte des gifles. Sans le moindre signe de vexation, ses mains libèrent mon corps et il se dirige vers l'arrière de l'avion. Le constat de l'heure me déprime, les minutes sont des heures. Le temps s'écoule lentement, il me reste encore cinq heures à le supporter.

La sensation d'être souillée me force à me rendre moi aussi aux toilettes. Cette situation ébrèche quelque peu mon enthousiasme pour ce voyage. Me faufilant entre les rangées, je rejoins les sanitaires. Une fois enfermée dedans, le calme m'envahit et me permet de reprendre mes esprits. D'ailleurs, j'en profite pour me rafraîchir le visage à l'eau chaude. En effet, la climatisation est forte donc sans la pression de mon voisin pervers, mon corps se refroidit rapidement. Mon reflet dans le miroir est d'un naturel. Le manque de maquillage accentue les marques d'épuisement sur mes yeux. Mais cela n'a que peu d'importance, ce ne sont que des détails. Et il est hors de question qu'ils gâchent mon aventure car j'ai besoin de ce changement d'air. Mon corps et mon esprit le réclament. En prenant soin de défroisser mes habits d'un revers de la main, je me félicite de ma tenue : des vêtements très confortables au vu du nombre d'heures dans les transports. Un pantacourt en jean, un débardeur turquoise et des ballerines m'ont paru le choix idéal.

Après avoir monopolisée les toilettes, la motivation pour affronter la réalité me consume mais hélas, elle me fuit à la seconde où je mets les pieds en dehors de mon cocon. Il m'attend et son regard est identique à tout à l'heure, aussi dégoûtant. Ses pensées y sont visibles, ma résistance semble même susciter davantage d'excitation. Le contourner n'est pas une option puisqu'il me fait barrage avec son corps. Aucune issue ne s'offre à moi dans cet espace si confiné.

— Il est où votre ami déjà??

Son sourire s'agrandit en énonçant sa question.

— Dans l'avion.

Ma réponse est instinctive. Néanmoins, je prends soin de cacher mes mains qui tremblent. Mentir n'est pas naturel chez moi.

Sa fixation me fait sentir comme une proie qu'il va dévorer. La panique me submerge puisque personne n'est près de nous. Cependant, une pensée m'apaise car j'ai appris à me défendre même si de devoir mettre en pratique pour la première fois est terrifiant. Dans ma tête, les paroles de mon professeur m'accompagnent : «toujours regarder son adversaire dans les yeux, pour lui montrer que tu n'as pas peur. Et surtout, recréer ta bulle de protection Alexe, et s'il la pénètre, tape et enfuis toi». Ses encouragements résonnent en moi «Vas-y frappe Bob». Bob est mon copain mannequin sur qui je passe mes nerfs depuis quelques temps. Le pauvre ne pourra jamais avoir d'enfants avec le nombre de coups que je lui inflige dans ses parties intimes. Ses amygdales doivent être au nombre de quatre au jour d'aujourd'hui.

La voix de Paul monte encore d'un cran dans son insistance, prête à en découdre une bonne fois pour toute en lui balançant mon fameux coup de genoux s'il se rapproche davantage de moi mais sans avoir le temps d'agir,…

Un prince charmant est arrivé de nulle part, sa main se cale sur ma taille et ses paroles glissent dans les airs. Dans mon état émotionnel tourmenté, elles ne sont que chuchotements incompréhensibles.

— Bonjour je m'appelle Simon, je suis son petit ami et vous ?

Ce n'est qu'au bout de la deuxième fois que ses mots me deviennent intelligibles. Le constat est qu'il ne s'adresse pas à moi puisque son regard se porte sur mon tortionnaire. Un soulagement me submerge suite à son sauvetage. Les raisons de son aide me sont inconnues mais à ce moment précis, elles m'indiffèrent. L'étreinte de ce bel Apollon est même troublante et apaisante. Un combat silencieux se déroule juste sous mes yeux mais mon corps ne m'autorise pas à y prêter attention. Il se focalise sur ces bras chaleureux et virils qui m'enveloppent. Cela fait du bien comme si je m'enfonçais dans un tas de coton. Mon corps se détend à ce contact. Ce moment me parut court et long en même temps. Le regard noir de Paul sur nous me glaçait mais le toucher de l'inconnu me faisait bouillir. La fin de la lutte s'est traduite par la disparition de cette force qui retenait mon corps. Et aussi par le fait que Paul repartit vers nos sièges sans avoir omis de nous gratifier d'un dernier coup d'œil chargé d'éclairs de colère.

Apres quelques minutes, mon cerveau ordonna à ma bouche d'émettre un son pour remercier mon sauveteur.

— Merci beaucoup, il était vraiment entreprenant et je n'arrivais pas à m'en débarrasser.

Mes yeux naviguent sur tout ce qui nous entoure sauf lui, gênée par sa beauté.

— De rien je vous ai entendue et je n'ai pu m'empêcher d'intervenir. Excuses-moi pour la main sur la taille. En retour, un rictus se dessine sur mon visage à cette simple évocation. Comment lui dire que ma température corporelle a grimpé en flèche à son contact. Une décharge électrique a parcouru tout mon corps. D'ailleurs, la climatisation qui était trop forte jusque-là, me parut légère sur ma peau comme une brise d'été.

Le retour à la réalité me fauche de plein fouet car même si ce bel apollon m'a sorti des griffes de Shrek, l'obligation de le rejoindre à nos sièges pour le reste du voyage ne m'enchante guère. Ma prise de conscience est visible sur mon visage.

— Tu ne te sens pas bien ?s'inquiète-t-il.

— Oui et non, je suis assise à côté de lui et je n'ai vraiment pas envie d'y retourner.

Il me fixe et en quelques secondes, il disparaît derrière le rideau de la première classe. J'ai eu le temps de le regarder partir. Il a un corps de rêve. Il est charpenté, et un postérieur bien galbé. C'est fou le nombre incalculable de détails que le cerveau peut analyser et enregistrer en quelques secondes si le sujet est intéressant.

Presque déçue qu'il m'est abandonné sans un mot, ma respiration se calme et ma conscience sort de cette brume qui l'a envahie suite à cette tornade d'émotions. Une dernière grande inspiration car j'ai suffisamment retardé l'échéance. Mes jambes me guident lentement jusqu'à ma place mais une main m'arrête dans mon élan en m'agrippant le poignet. Je me retourne et mon inconnu me sourit.

— Où vas-tu ? J'ai une place de libre à côté de moi si tu veux,

— Mais c'est la première classe je ne veux pas vous déranger ??

— Ça fait plaisir, j'ai déjà demandé à l'hôtesse et elle a confirmé que c'était d'accord.

Dans un élan de soulagement, ma réaction pour le remercier est trop vigoureuse je pense, au vu du regard surpris qu'il me lance ce qui me fait lâcher mon étreinte rapidement.

Après ce moment de gêne, c'est en silence qu'il m'accompagne jusqu'à mon siège pour récupérer mes affaires. En me suivant, son regard me réchauffe et sa main prend ses quartiers sur le bas de mon dos comme pour me donner du courage face à un Paul qui nous scrute. Le regard noir de l'inconnu en guise de réponse s'avère plus intimidant que le mien. Une fois mon sac en main, je gratifie mon tortionnaire d'un large sourire et me délecte de sa contrariété issue de l'échec prématuré de son plan de drague. Quant à moi, je suis aux anges car le reste du voyage s'annonce sous de meilleurs cieux puisque c'est direction première classe…avec l'Apollon.

Chapitre 4

Waouh !!

Voilà le seul mot que j'ai réussi à énoncer de façon intelligible. Ma condition familiale, qui est fille d'employé, ne m'a jamais permis d'accéder à la première classe, si ce n'est celle d'un Ter de la Sncf…Et cette vision n'a rien avoir avec cela.

Mon corps se fige impressionné par ce changement de décor. En effet, la séparation entre ses deux univers s'opérait que par un simple rideau. Mes yeux s'habituaient à ce qu'ils voyaient, l'impression d'être passée de l'autre côté du miroir et d'avoir été transportée dans un monde parallèle. Cela n'avait plus rien avoir avec la classe économique et nos sièges entassés, il n'y en a que huit dans cette partie de l'avion. La facilité de circulation en était améliorée. Tous les éléments respiraient le luxe : les fauteuils en cuir réglables électriquement, le bois des tablettes, l'électronique, les flûtes de champagne….

Mes yeux naviguent jusqu'à se poser sur l'inconnu, qui me fait signe de m'avancer en direction d'un siège situé en face d'une banquette. Il prend place sur cette dernière et m'invite à m'installer. Nos regards sont accrochés comme si rien autour de nous ne comptait.

Une fois notre installation faite, mon observation continue : la moquette, le personnel de bord, les occupants de cette première classe. Une quantité astronomique de questions fusent dans ma tête sur ses personnes : Qui sont-ils ? Que font-ils pour être des clients aussi soignés ? Mon attention retourne sur lui, cet apollon et les mêmes interrogations me viennent : Qui est-il ? Que fait-il ? Son apparence est si jeune que j'en conclus qu'il doit être fils de...

Il me tire de ma rêverie en me rompant le silence religieux qui s'était abattu entre nous.

— Est-ce que tu vas bien ?
— Oui merci je n'ai juste pas l'habitude de ça, rétorquai-je en montrant de la main ce qui m'entourait.

Son sourire en guise de soutien.

— Je ne me suis pas présenté directement à toi, je m'appelle Simon Hatelin
— Enchantée, moi c'est Alexe.

Ne sachant comment me comporter face à lui, je lui présente ma main pour le saluer. Ma timidité a repris le dessus. Sa surprise face à mon geste est palpable et compréhensible après l'étreinte vigoureuse de tout à l'heure. Mais il ne se laisse pas intimidé. Ses doigts se glissent dans les miens pour emmener délicatement ma main vers ses lèvres pour en baiser le dessus, tout en me fixant avec ce regard d'un vert émeraude. Mon corps se vide de son énergie. Elle se liquéfie sous les effets de cet homme. La chaleur qui émane de mon anatomie me fait douter de la présence de climatisation dans cette partie de l'avion.

Une hôtesse interrompt la magie de ce moment. Elle pousse un chariot avec des flûtes, de l'alcool, et nous propose tout un tas de mets, plus exquis les uns que les autres pour des personnes moins difficiles que moi c'est pourquoi je décline ses propositions. De plus, je ne souhaite pas abuser de l'hospitalité de mon hôte.

Quand mon regard s'arrête au niveau de l'horloge, le constat me frappe, déjà deux heures que j'étais venue m'installer avec Simon. Nous avons discuté de son pays le Canada, le mien la France. La conversation s'est faite naturellement. Au début, j'étais perdue, je ne savais pas si je devais le vouvoyer puisque lui m'a tutoyée directement. Cela donnait un caractère intime à nos échanges comme si nous nous connaissions depuis longtemps. Le trouble face à son comportement s'estompe lorsque que le souvenir d'un article lu récemment me revient en mémoire « au Canada, les gens tutoient, ils n'utilisent pas le vouvoiement comme nous. »

Le voyant sans cesse gigoter à cause de sa taille, la proposition d'échanger nos places me paraissait normale. Au vu de ses mensurations, il ne pouvait se mettre à l'aise sur une petite banquette. Malgré son inconfort, il me fallut quelques minutes de négociation pour qu'il accepte. Le moment délicat de l'échange arriva et malgré tout l'espace dont nous disposions, nos corps se sont effleurés. Une vague de chaleur migra en l'espace de quelques secondes jusqu'à mes joues, qui arboraient dorénavant une couleur rosie. Mon corps n'avait jamais réagi instantanément. Depuis plusieurs mois, son mode pilote automatique était enclenché ne répondant qu'aux besoins nécessaires à ma survie comme manger, dormir. Mais avec lui, c'est différent. Une attraction m'entraine vers lui comme si nous étions des aimants.

Pendant quelques instants, mon observation se fit plus précise. Il est vraiment beau, pas le genre beau selon certains critères personnels mais beau pour l'ensemble de la planète. Ses traits de visages sont doux, ses cheveux sont courts mais suffisamment long pour avoir envie de les toucher et de les coiffer avec mes doigts. Il est grand et bien bâti, sans être trop musclé mais à travers son t-shirt blanc à manches longues, les lignes de ses abdominaux se dessinent un peu comme certains rugbymans français. Quant à ses fesses, elles semblent tellement fermes que l'envie de les tâter m'envahit. Mon regard parcourt son corps de bas en haut jusqu'à ce que j'arrive au niveau de ses lèvres. Elles révélaient un sourire en coin de satisfaction. Poursuivant l'ascension, je constate que ce rictus m'était destiné. Mon observation fut peu discrète et il s'en délecté en me fixant en retour. Le malaise qu'il faisait naître en moi m'empêcha de soutenir son regard. Des sensations intenses que je n'avais pas ressenties depuis plusieurs années. La fuite visuelle me parut ma meilleure échappatoire ainsi je repris ma place sur la banquette. Le rétablissement de cette distance entre nous me permit de me ressaisir et de reprendre la conversation là où on l'avait laissée. Ma conscience était tiraillée puisque d'un côté j'avais peur de mon attirance mais d'un autre, je savais que notre rencontre avait une durée limitée à ce vol, et je ne voulais pas perdre de temps. En effet, une fois à Montréal, je profiterais de mon aventure et lui de sa vie quotidienne.

Notre échange verbal sur nos vies ressemble davantage à un monologue de ma part qu'à une réelle conversation. Les explications, quant à mon départ précipité, sont restées évasives. Son manque de loquacité sur sa vie m'interpelle lorsqu'un souvenir m'assaille. Son nom m'était familier.

— Tu m'as dit que tu t'appelles Simon Hatelin c'est ça ??le questionnais-je.

— Oui pourquoi,

Sans trop comprendre pourquoi, son attitude a changé. Il s'est relevé de façon plus droite sur son siège comme pour mettre encore plus de distance entre nous. Son regard est devenu froid. Son visage pourtant si amical s'endurcit et les petites faucettes sur ses joues, quand il me souriait, avaient disparu. Néanmoins, je décide de poursuivre ma quête de vérité.

— Tu n'es pas le….

Sa froideur me glace le sang. Son ton sec me surprit en me coupant la parole.

— Oui c'est moi,

— Tu es le frère de Juliette ???

Et sa réaction fut inattendue, son éclat de rire raisonna dans la cabine, un rire communicatif et enfantin. D'ailleurs, tous nos voisins de première classe se sont retournés sur nous affichant chacun un sourire aux lèvres. Quant à moi, ma confusion était telle que je ne comprenais pas le comique de la situation. Lorsqu'il remarqua que je ne le rejoignais pas dans sa réaction, il reprit le contrôle de la situation. Son regard est redevenu enivrant. Sa froideur était déjà repartie aussi vite qu'elle n'était arrivée en ignorant les raisons de ce changement brutal. Mon visage affiche un air hébété en attendant son explication. Il s'approche de moi en prenant mes mains dans les siennes comme pour me rassurer.

— Tu connais ma sœur ??

Grâce à cette simple question, il réussit à désamorcer cette situation incompréhensible sans les sous-titres mais comme bonne pipelette qui se respecte, je passe outre ce malaise. Sa sœur Juliette était ma correspondante canadienne pendant mon adolescence. Elle avait un petit frère Simon. Après plus d'un an de lettres, nous nous sommes perdues de vue mais j'ai toujours gardé ses photos et ses courriers.

Quel hasard de tomber sur son frère dans l'avion, sa langue se délie un peu en parlant de sa sœur, de ses neveux. Nos regards, nos mouvements sont complices, plus que je n'aurais pu l'imaginer avec quelqu'un que je ne connaissais que depuis quelques heures

Je repensai au courrier de sa sœur, elle a mon âge, par contre lui est plus jeune. Il est de l'âge de mon frère puisque nous avions essayé avec Juliette de les faire correspondre Cependant, à l'époque, dans les années 90, aller faire écrire des lettre manuscrites à des gamins de onze ans, c'était peine perdue donc nous avions vite abandonné…

Le voyage se poursuit entre deux éclats de rire. Il n'en revenait pas que je sache autant de choses sur sa famille à travers ma correspondance.

Et brutalement, l'avion remua dans tous les sens. Les voyants de la ceinture se mirent à clignoter de partout. Une voix sortit des hauts parleurs situés au-dessus de chaque siège :

« Ladies et gentlemen, due to weather degradation, we will cross a zone of turbulence at first Montréal, my crew and myself, we ask to please return your seats and fasten your set belts, kindly store your personal belongings in the compartments provided for this purpose under your chair or above your heads. Thank you to remain calm. Your captain »

Mon incompréhension résulte d'anglais purement scolaire. A ce moment précis, j'adorerais être bilingue ce qui aurait pu être possible si j'avais écouté davantage les cours de Vicky au lieu de regarder par la fenêtre. Le commandant de bord enchaina avec la même annonce mais en français cette fois-ci, plus facile à comprendre pour moi.

« Mesdames, mesdemoiselles, messieurs, en raison d'une dégradation météorologique, nous allons traverser une zone de turbulences aux abords de Montréal. Mon équipage et moi-même vous prions de bien vouloir regagner vos sièges et d'attacher vos ceintures, de bien ranger vos effets personnels dans les compartiments prévus à cet effet sous vos fauteuils ou au-dessus de vos têtes. Merci de garder votre calme. Votre commandant de bord »

Ma réaction ne se fait pas attendre, je commence à me sentir à l'étroit dans cette première classe pourtant si spacieuse. L'air s'est raréfié. La crise de panique arrive car mes pensées divaguent sur ma famille, très peu savent où je suis, je n'ai pas pris la peine de leur dire que je partais. Si on se crashe, ils ne seront même pas que j'étais dedans…Simon est témoin de mon angoisse grandissante sur mon visage. Lui, qui était déjà attaché, se détacha et m'aida à le faire. Mes doigts tremblaient tellement que je n'y arrivais pas. Il s'approcha de moi, et me caressa la joue avec la paume de sa main. Ce contact me fit totalement oublier

26

le message du commandant de bord….La chaleur, émanant de ce toucher, était si intense. Son corps se trouvait à quelques millimètres de moi, lorsqu'il me murmura à l'oreille.

« Ne t'inquiètes pas ça arrive souvent, Alexe, j'ai l'habitude, tiens ma main si tu veux ! »

Sa voix est vraiment rassurante. L'entendre me parler ainsi et mon prénom dans sa bouche avec son accent résonnait encore en moi, sans trop pouvoir expliquer pourquoi il avait cet effet. Cet homme était mon sauveur. En peu de temps, il avait réussi à m'éloigner de Paul, et à calmer mes angoisses par son seul contact. Il retourna à sa place en ne me lâchant les mains que quelques secondes pour se rattacher. Cette absence de toucher me parut durer une éternité. Le froid envahit mes extrémités. Je me surprends à lui sourire en attendant qu'ils les reprennent dans les siennes. Cet homme est vraiment prévenant et attentionné, loin de ce que j'ai déjà connu.

Les perturbations n'étaient plus qu'un lointain souvenir, le personnel de bord recommença à se déplacer librement ce qui voulait dire que nous pouvions nous détacher mais nous étions là, l'un en face de l'autre, les yeux dans les yeux. Dans son regard, une lueur de désir brillait. Ce genre d'étincelle ne m'était pas familier. Ses doigts exerçaient des pressions sur mes paumes ce qui a eu le pouvoir de me calmer mais aussi d'éveiller en moi une source de chaleur réveillant le bas de mon corps et se propageant dans tout mon organisme.

L'hôtesse nous interrompt de nouveau. Même si je conçois qu'elle ne fait que son travail, son regard insistant sur Simon est peu discret voire dérangeant. En effet, dès que je l'observe, ses yeux sont braqués sur lui. Le pouvoir hypnotique de sa beauté si parfaite est compréhensible. Néanmoins, je me satisfais personnellement de captiver à moi seule le regard de braise de ce bel apollon. Troublée dans son observation par mon insistance, elle nous prévient de l'atterrissage imminent à Montréal m'obligeant à regagner mon siège en classe économique. Les personnes et les bagages n'ont pas le même traitement d'une classe à une autre ce qui me parait logique au vu des différences de prix entre eux. La classe privilégiée débarque directement sur le tarmac et est attendue par des limousines privées pendant que le peuple s'engouffre dans des bus de transfert en direction de l'aéroport. La prise de conscience de ses avantages me fait me redemander comment en est-il arrivé à sa présence dans cette classe ? Les métiers de ses parents les situaient dans la classe moyenne. Est-ce pour ça que son attitude est changeante d'une minute à l'autre?

Lorsque je reprends mes esprits, ma curiosité est piquée au vif mais la tristesse de ne pas le revoir est plus forte. Mon sac à la main, je le remercie de sa gentillesse.

— Merci vraiment, mon voyage a été très agréable, tu diras bonjour à ta sœur.

— Ça fait plaisir, si tu veux je prends ton numéro pour le donner à ma sœur, se justifie-t-il.

— Pourquoi pas ce serait sympa de la voir en vrai.

Jamais personne ne m'avait demandé mon numéro, encore une première pour moi. En quelques secondes, un bout de papier en main, je gribouille mon numéro et le lui tend. Et voilà, c'est fini, je reprends mes affaires. Après un dernier sourire, je retraverse le miroir dans l'autre sens ....

Une fois derrière le rideau, l'appel des wc se fait sentir. Ne voulant perdre aucune miette de ce bel Apollon, mes besoins primaires ont été relayés au second plan. Mon corps récupère lentement son rythme naturel sans le cœur qui tambourine dans ma cage thoracique, et sans le feu qui émane d'en-dessous ma ceinture. Mon reflet est différent de tout à l'heure, mon visage est moins fatigué. Les pommettes rosies concurrencent mes cernes.

Ma fraîcheur à peine retrouvée s'estompe plus rapidement qu'elle n'a mis de temps à s'installer. En effet, en quittant l'atmosphère calme et solitaire des sanitaires, je tombe nez à nez avec lui. Simon m'attend, un énorme sourire aux lèvres, le genre qui fait tomber les filles, et d'après son regard il le sait. Mon corps est happé par le sien si brusquement que ma taille entre violemment en collision avec la sienne. Ses mains caressent mon dos, lentement du bas vers le haut provoquant une décharge électrique dans tout le corps partant de l'impact de ses doigts pour s'évacuer par un gémissement incontrôlé. Nos bouches n'ont jamais été aussi proches lorsqu'il me susurre :

— J'avais envie de goûter tes lèvres depuis des heures.

Et sans avoir le temps de répondre, il associe le geste à la parole avec douceur et retenue en attendant mon accord. Celui-ci ne se fit pas attendre, je lui rends son étreinte en glissant mes mains autour de sa nuque. Ce geste se révèle être le consentement qu'il attendait. Notre baiser devient plus fougueux. Nos langues se mirent à danser ensemble, comme si elles s'étaient toujours connues. Ses mains descendent sur mes fesses, toutes les sensations ressenties et refoulées de ces dernières heures reviennent au galop. En sentant son membre dur à travers son jean, la réciprocité de mon attirance était confirmée. Notre perte de contrôle est interrompue par le message du commandant de bord disant que nous allions amorcer notre descente. La déception de ne pas pouvoir poursuivre m'anéantit. Je ne sais pas comment réagir face à cette effusion. Nos regards se questionnent mais aucun de nous n'ose gâcher ce moment par des paroles alors nos lèvres se retrouvent une dernière fois de façon plus chaste. Et après le dernier rappel de l'hôtesse peu amical de regagner nos sièges, nous nous séparons de chaque côté du miroir…

Ce fut mon premier baiser aussi passionné, déroutant. Le genre qui vous met la tête à l'envers et que tu as envie de réitérer jusqu'à épuisement. Le genre où votre cerveau se déconnecte

30

pour laisser place à la bête qui est en vous, assouvir ce désir. C'est dans un état d'esprit confus, que je regagne mon siège à côté de Paul. L'arrêt prématuré de son plan de drague est encore frais dans sa mémoire. Sa vexation est telle qu'il ne se donne même pas la peine de me dire au revoir. Tant mieux car gérer les deux situations aurait été au-dessus de mes forces.

Nous atterrissons et après avoir récupéré mes bagages, mon parcours du combattant commence. Une quantité impressionnante de gens encombre toutes les sorties de l'aéroport. Des journalistes me bousculent avec leurs appareils photos. Néanmoins, après quelques minutes à jouer des coudes, le ciel bleu et le soleil apparaissent dans mon champ de vision. L'air pur après ce bain de foule me revivifie et j'en profite pour contacter ma mère et la rassurer.

Des rouleaux de zénitude se fracassent sur mon anxiété, l'anéantissant et rendant ma vie belle. Cette sensation m'était devenue étrangère et ce depuis longtemps. Mais aujourd'hui, mon aventure montréalaise commence…

Chapitre 5

Le soleil est haut dans le ciel lorsque je quitte enfin l'aéroport direction ma logeuse, une certaine Marie. Elle habite en face du parc Lafontaine. Pour y arriver, le trajet est plus simple que je ne l'aurais pensé dans une ville inconnue, un bus qui fait la navette aéroport/centre-ville, je m'arrête à l'arrêt Lionel Groulx pour après prendre le métro jusqu'à la station Berri-Uquam, et son habitation est à cent mètres.

La ville semble calme à ce moment de la journée. En même temps, nous sommes dimanche. Je me rends compte que je ne sais rien de leur us et coutumes. En France, le dernier jour de la semaine est synonyme de repos en famille. La quiétude des lieux est propice à son étude. Les maisons se ressemblent toutes de l'extérieur, en brique avec un escalier en façade ce qui ne doit pas être pratique en hiver mais à cette époque de l'année, la ville est superbe avec ses différentes couleurs.

J'arrive devant chez mon hôte pour ces deux prochaines semaines. Même en mettant prise un peu tard, Marie avait accepté de m'accueillir gracieusement.

Un coup de sonnette et me voilà, dans les bras d'une inconnue, son accueil est si joyeux et spontané … C'est une femme, dans la trentaine, de taille moyenne, des cheveux roux qui lui tombent sur les épaules, un peu à la Isabelle Boulay. Son visage trahit sa gentillesse et sa douceur. Sa maison ressemble à toutes les autres d'extérieur, mais de l'intérieur elle est superbe. Tout est refait à neuf, elle est sur un étage. Pour le moment, elle ne me fait visiter que le bas, sa composition se résume à une seule pièce qui fait office de cuisine, salon et salle à manger. Son habitat est spacieux mais douillet à la fois. De plus, les couleurs claires des murs sont reposantes. La cheminée trône au centre comme la pièce maitresse de cette maison. Mes pensées divaguent en m'imaginant assise sur le canapé douillé, face au feu crépitant dans son insert, une tasse de thé à la main, et la neige au bord de la baie vitrée reflétant l'éclairage de la rue.

Mon mirage d'une soirée d'hiver est interrompu lorsqu'elle m'offre à boire, en me questionnant sur mon vol. Son accent est très prononcé ce qui crée des soucis de compréhension dans notre échange. L'espace de quelques secondes, je repense à Simon et au fait qu'aucune barrière linguistique n'avait entravé nos bavardages. Peut-être était-elle issue d'un milieu où l'utilisation du patois québécois est plus répandue.

— J'espère que tu vas avoir du fun ici. J'ai cuisiné à la planche pour toi. Allez, viens on va se tirer une bûche.

Mon incompréhension m'étonne dans la mesure où je pensais dialoguer facilement avec nos cousins québécois. Mais à cet instant, je n'en suis plus si sûre. Cependant, aujourd'hui on peut dire merci à l'air de l'électronique, tu trouves tout sur ton smartphone alors c'est tout naturellement que je recherche un dictionnaire franco-québécois :

- ✓ Du fun= prendre du plaisir
- ✓ La planche =énormément
- ✓ se tirer une buche= s'asseoir

Après avoir réussi ma traduction avec succès, j'accepte volontiers son invitation et m'installe à table avec elle lorsque mon portable vibre.

Inconnu : Salut Alexe, j'espère que tu es bien arrivée chez ta logeuse. Petit message pour te dire que je suis heureux d'avoir fait ta connaissance. J'ai bien remis ton numéro à ma sœur et j'en ai profité pour le garder aussi, j'espère que tu ne m'en voudras pas. Kiss. Simon

Mon cœur a repris la même course folle que dans l'avion, comme si j'avais couru un marathon. Lui en vouloir, non, j'espérais même, donc avant de lui répondre, je prends soin d'enregistrer son numéro. Maladroite comme je suis, ce serait dommage de perdre ce contact.

Moi : Bien arrivée, ma logeuse est super sympa mais je ne comprends pas tout. Elle utilise des expressions que je ne connais pas, pourtant toi je t'ai compris !!!

Simon : Demande-moi si tu as besoin d'un traducteur...

Moi : Ok merci, je te laisse, je vais faire connaissance avec Marie. À plus

Le reste de la journée se déroule plutôt calmement. Les discussions avec mon hôte s'enchainent, passant de nos vies aux visites à faire. Nos talents de pipelette s'accordent à merveille mais la fatigue me gagne de plus en plus. Son accueil est tellement chaleureux que je lutte pour y faire honneur. Néanmoins, après le dîner et une bonne douche, mon corps me lâche, je ne peux plus combattre ce relâchement total. M'excusant auprès de Marie, je regagne ma chambre et m'effondre sur mon lit en jetant un dernier coup d'œil au réveil : vingt-et-une heure, heure québécoise, mais il était déjà trois heures du matin en France. Mon épuisement me fait basculer dans le sommeil en espérant m'adapter au décalage horaire après une bonne nuit de sommeil. En effet, dès demain, le top de ma forme est nécessaire pour visiter et satisfaire pleinement ma curiosité sur ce beau pays.

Chapitre 6

Le soleil me chatouille le visage, j'étais tellement éreintée hier, que je n'ai même pas pensé à fermer les volets. Profitant de cette source de chaleur naturelle, mon corps s'imprègne de ses rayons. Mon organisme est encore lessivé par ce périple ce qui explique l'absence totale de motivation pour me lever. Cependant, un bruit dans la cuisine me force à vérifier l'heure. Le réveil indique déjà huit heures du matin. Comment puis-je être encore autant fatiguée en ayant fait une nuit de onze heures ? Le corps humain et ses secrets!

Pour remercier Marie de m'héberger, je décide de me lever pour aller la saluer voire même petit-déjeuner avec elle. Mais entre ma décision et la mise en pratique, plusieurs dizaines de minutes se sont écoulées puisque le minuteur du four affiche huit heures quarante-cinq. Elle finissait son café. La table était prête pour mon arrivée. Une tasse, des croissants, du lait, de la brioche, du beurre, de la confiture et du jus de fruits frais ornent celle-ci. Son intention me touche ce qui en décuple ma culpabilité de ne pas m'être déplacée avant ; c'est pourquoi cette dernière m'ordonne de faire mieux demain matin.

M'installant face à ce festin, elle me salue pour se rendre à son travail. Pour la remercier, je lui propose de préparer le souper pour elle le soir même. Ma proposition est accueillie avec plaisir et elle me demande un plat typiquement français en s'enfuyant avant de n'être réellement en retard. Pour être honnête je ne m'attendais pas à ce qu'elle accepte. La panique de ne pas savoir ce que je vais lui préparer m'envahit. La cuisine n'est pas une de mes spécialités comme toutes les tâches ménagères d'ailleurs. Je ne suis pas la réincarnation de Caroline Ingalls. De plus, son exigence, quant au plat typiquement français, me taraude. Qu'entend-elle par cela ? Bourguignon, potée, choucroute,…trop long et pas de saison. Mon cerveau en ébullition abandonne sa quête du repas parfait puisque la journée ne fait que commencer donc j'ai tout le temps pour y réfléchir.

Une heure plus tard, me voici prête pour mon premier jour au Canada. La liste des endroits à voir en poche, mon périple commence par le retour par la case Métro, qui d'une grande ville a une autre il faut l'avouer se ressemble. La ligne orange me facilitera l'exploration de lieux mythiques. En effet, mes recherches sur internet m'ont permis de définir les zones de la ville susceptible de me plaire le plus. C'est pourquoi, je décide de me rendre dans la rue Beaubien située entre la rue Christophe Colomb et la neuvième avenue, qui est une référence en matière de loisirs avec des galeries, des cinémas,…

Le temps est vraiment agréable en cette fin d'été, je déambule dans ses rues. Cette scène, je l'ai imaginée à de nombreuses reprises. Les gens que je croise sont souriants. La détente générale flotte dans les airs. Aucun son de klaxonne ou d'insultes ne viennent troubler cette quiétude. C'est déroutant. Au détour d'une rue, mon regard se fige sur une vision improbable en France : l'absence de clôtures entre les maisons ou de rideaux aux fenêtres. Les canadiens sont d'une nature ouverte et respectueuse, ils intègrent le monde extérieur au leur. Ils ne se barricadent pas derrière des portails, des grillages.

Montréal est une ville américanisée au niveau architectural, ses rues se croisent perpendiculairement, comme on peut le voir à New York aussi. Mais certains quartiers reflètent son étroite relation avec la France.

Au bout de la troisième galerie qui exposait des œuvres vraiment originales, mon itinéraire m'oblige à retourner dans les transports en commun pour accéder au prochain site. Une fois assise dans la rame, la sonnerie de mon téléphone, m'annonçant un message oral, déverse une vague d'excitation dans tout mon corps. L'espérance d'avoir des nouvelles de Simon ne me quitte plus depuis hier soir.

« Salut Alexe, c'est Simon, je voulais savoir si tes visites se passaient bien et si tu avais été voir le lieu dont je t'ai parlé dans l'avion, Kiss. »

N'ayant que très peu de réseau, le choix de la réponse par message électronique s'imposa d'elle-même.

Moi : Salut, je viens de visiter la rue Beaubien et là, je suis dans le métro direction l'endroit dont tu m'as vanté la beauté …je te redis ce que j'en ai pensé après.

Simon : Pas la peine

Le dernier message me refroidit. Ses changements d'humeur et ses réactions inattendues sont déroutantes. Presque déçue de ce revirement de situation, ma susceptibilité refuse de lui répondre. Et je décide de continuer ma journée de visites sans me préoccuper de mon portable que je mets en silencieux dans ma poche.

Après quelques minutes de marche, le belvédère Camidien-houde situé au Mont Royal apparaît et quelle vue ! Simon avait raison, le point d'observation de la ville d'ici est superbe. Le panorama dégagé permet de voir tout l'Est de l'ile de Montréal. De plus, les arbres commencent à changer de couleur, prélude de l'été indien. Perdue dans mes pensées devant cette splendeur, une main se pose délicatement dans le creux de mes reins. Un demi-tour sur moi-même, prête à rouspéter cet inconnu comme toute bonne française qui se respecte. Mais ma réponse, aussi hargneuse qu'elle soit, est suspendue dans son élan par un regard vert émeraude encore plus translucide et envoûtant que dans mes souvenirs, pourtant si frais.

Simon.

Sa réaction de tout à l'heure est percée à jour. D'ailleurs, je me sens idiote de m'être énervée intérieurement contre lui, j'avais pris sa réponse pour de la froideur.

— Je voulais voir ta réaction face à ce spectacle.

Nos échanges sont cordiaux simplement cordiaux. Adieu l'intensité de l'avion. Il est en retrait, aucun geste déplacé mis à part sa main sur mon dos à son arrivé. Le temps semble s'être arrêté comme à chaque fois que je suis près de lui. Ses explications sur sa ville sont très précises voire même historique. Sa description des différentes architectures est passionnante. La courtoisie veut que je l'écoute attentivement même si mon esprit divague rapidement sur ses mains, sa bouche, ses yeux. Une barrière invisible s'est érigée entre nous pour des raisons qui me sont inconnues. Nos corps se frôlent mais ne rentrent pas en contact direct. Les lieux sont fréquentés. Des gens passent près de nous et nous dévisagent. Cette attention ne semble pas gêner Simon qui ne s'en aperçoit même pas.

Après ce cours magistral avec un si beau professeur, nous redescendons de ce paradis par le sentier. Nous marchons l'un à côté de l'autre comme deux connaissances, comme si rien ne s'était passé dans l'avion, comme si je l'avais rêvé. Quand nous arrivons au pied du belvédère, il me baise la main et part sans un dernier regard, la situation est confuse…Pleins d'interrogations viennent se rajouter à celles déjà existantes, pourquoi s'est-il déplacé si c'était pour être aussi froid ???

L'incompréhension me force à réagir comme tout à l'heure et à l'ignorer. En plus, le repas de ce soir me demandait déjà beaucoup d'attention pour satisfaire au mieux les exigences de ma logeuse.

Le plat n'est pas typiquement français mais j'ai la capacité de le réussir et c'est le principal. Au menu de ce soir, ce sera lasagnes et tarte aux pommes. Maintenant que mon choix est défini, le reste de la journée sera consacré à ce festin car il est déjà seize heures et je dois encore aller faire les courses.

Une heure plus tard, la maison de Marie m'apparaît. Quel soulagement car ce n'est pas sans difficulté. En effet, j'ai eu un mal fou à trouver tous les ingrédients pour mon repas, il n'y avait pas de fromage à l'épicerie, non sérieux qui peut vivre sans fromage !!!!

Par chance, Marie n'est pas encore rentrée mais elle m'a expliqué l'utilisation de la cuisine, donc c'était parti pour une heure en cuisine et après je m'autoriserai un bon bain pour me détendre.

Sa cuisine est petite mais très fonctionnelle, tout est à disposition et bien rangé. Après avoir fini ma béchamel, et monté mes lasagnes sur quatre étages, je m'attèle à la tarte qui fut rapide, et en trente-cinq minutes le tout est au four. Dernière chose à faire avant de me prélasser dans l'eau, préparer la table pour que Marie n'ait rien à faire à part s'installer et savourer.

C'est le moins que je puisse faire vu l'hospitalité dont elle fait preuve envers moi.

Le bruit de la porte d'entrée fracasse le silence de l'habitat vers 18h30. Mon organisation est parfaite puisque je finis d'enfiler une tenue décontractée dans ma chambre lorsqu'elle apparaît dans l'entrebâillement.

— Tu as l'air d'avoir le trou d'cul sous le bras.

Un sourire s'affiche sur mon visage pour masquer mon incompréhension et je la préviens que le souper sera prêt dans trente minutes. Seule à la recherche de la traduction, ma raison m'interdit d'envoyer un message à Simon mais le désir est plus rapide sur la touche envoi de mon téléphone.

Moi : Au secours, Marie vient de me dire tu as l'air d'avoir un troud'cul sous le bras ?????

Simon : Tu me fais rire, c'est être exténué, très fatigué.

Moi : Ok merci bonne soirée. Mais garde ton portable sous le coude, je vais dîner avec elle et j'aurais peut-être besoin de toi.

Mes mots sortent plus facilement sans contact visuel c'est pourquoi je m'en veux d'avoir été aussi directe dans mon dernier message. J'espère ne pas l'avoir gêné en écrivant cela mais je l'avais déjà envoyé donc plus le choix que d'attendre sa réponse ou sa non réponse. Je ne sais plus à quoi m'attendre avec lui.

Simon : Pas de souci, je suis disponible 24/24 pour toi, ma petite française.

La relecture de ces paroles s'impose même si elle n'apporte aucune once de réponse sur le fait qu'il était froid il y a quelques heures et que maintenant j'avais un surnom dans son texto. Son caractère lunatique me perturbe. La fuite est rassurante, pour une trouillarde comme moi, c'est pourquoi j'abandonne mon téléphone dans ma chambre et file rejoindre Marie.

Une soirée fille est en perspective, c'est ce qu'il me faut. La discussion s'installe comme la veille. Un moment agréable où j'ai appris qu'elle est banquière, célibataire depuis peu, et qu'elle n'a jamais voyagé en dehors du Canada. Mais notre papotage est interrompu par un coup de fil, elle y répond pendant que je m'attèle à la vaisselle.

Quand elle revient dans la cuisine, son air jovial a disparu, il est remplacé par de l'inquiétude et de la gêne. Elle m'invite à retirer une bûche pour m'annoncer que son père s'est blessé. Heureusement pour lui, ce n'est pas trop grave mais elle doit aller chez ses parents pour la semaine. Et la conséquence est

44

que je vais devoir me chercher un hôtel pour au moins quatre nuits. Son retour est prévu pour samedi. Elle est tellement mal à l'aise que je décide de ne pas en rajouter en lui montrant ma propre inquiétude car il faut l'avouer, la contrariété de mes plans me panique.

— Ne t'inquiètes pas Marie, je reviendrai t'embêter dès samedi après-midi, et après on aura une semaine pour papoter.

Son hochement de tête et un sourire en guise de réponse.

Mon départ anticipé me contrarie mais la compréhension prend le dessus. Laisser ma maison à une inconnue pendant des jours ne serait même pas envisageable pour moi. Nous échangeons nos numéros pour communiquer ensemble pendant la semaine. Puis, je recharge instinctivement ma valise, ce n'était que la deuxième fois en trois jours.

En me couchant, j'essaye de faire abstraction du lendemain. Ne pas penser au fait que mon budget va diminuer considérablement avec les frais d'hôtel qui n'était pas prévu. Mais demain est un autre jour…

Ding, ding, ding, un message, vu l'heure j'espère que c'est …

Simon : Tu dors ??

Moi : Non je viens juste de finir de dîner et de refaire mes bagages

Simon : Mais pourquoi ? Tu pars déjà ?

Moi : Non, Marie a un souci familial, elle doit partir en urgence et ne peut m'héberger jusqu'à son retour samedi après-midi. Mais je vais trouver un hôtel pas trop cher jusqu'à ce que je puisse revenir chez elle. Et peut-être qu'on pourrait aller boire un café un jour si tu veux.

Le pouvoir libérateur des messages a encore frappé. Pourquoi suis-je aussi directe envers lui ? Il m'attire depuis que je l'ai vu dans l'avion. Des images de lui ne cessent de vagabonder dans mes pensées. Et puis, il est rassurant, puisqu'avec l'abandon de Marie, je ne connais que lui.

Simon : Oui pour le café mais seulement si tu acceptes ma proposition.

Moi : Qui est ?

Mon cœur s'accélère, mes yeux scrutent mon téléphone en attendant qu'il sonne à nouveau.

Simon : Viens chez moi, il y a de la place et cela ne te coûtera rien.

Moi : Je ne suis pas sûre que ce soit une bonne idée

Simon : Mais si, en plus j'ai deux chambres d'amis donc café ou pas ?? Et ma sœur vient demain soir ce sera l'occasion de la voir !

Moi : D'accord. Tu habites où ?

Simon : Je passerai te chercher à la sortie du métro à la station Mont Royal demain vers midi, ça te va ?

Moi : Ok à demain bonne nuit.

Simon : Bonne nuit et fais de beaux rêves ma petite française !

Maintenant trouver le sommeil va s'avérer difficile, demain j'irai chez Simon un homme que je connais à peine mais pourtant il m'envoûte. Est-ce une bonne idée ou pas ? Je n'en sais rien mais sans m'en rendre compte le sommeil me gagne avant même d'avoir fini la liste des pours et contres.

Chapitre 7

Mon corps commence à récupérer de la fatigue du voyage puisque ce matin je me réveille naturellement et en pleine forme. Le bruit de la douche me parvient, j'en profite pour appeler ma mère. Elle s'inquiète assez rapidement. Je lui raconte ma journée de la veille : mes visites, et bien sûr, j'omets de lui parler de mon changement temporaire de logement. Ce n'est pas la peine de lui donner de la matière à ses angoisses de maman. Notre conversation prend fin sur ma promesse de reprendre contact avec elle d'ici un ou deux jours.

Marie est prête et elle m'attend pour prendre le petit déjeuner ensemble avant notre séparation. Elle est de nouveau allée m'acheter des croissants. Je crois qu'elle soupçonne qu'en France, on en déjeune tous les matins, mais si c'était le cas, on aurait un taux d'obésité plus élevé vu le beurre…Nous discutons encore comme si nous n'avions pas déjà assez papoté la veille. Le sujet de ma rencontre avec Simon s'impose puisque je lui annonce qu'il va m'héberger en attendant son retour. Elle semble soulagée que je ne sois pas sans domicile à cause d'elle.

L'heure de la séparation arrive, elle me prend dans ses bras. Nous nous promettons de nous envoyer des messages pendant cette semaine pour que je lui raconte mes visites. Puis nous partons sur des routes opposées.

Mon expédition avec ma valise est repartie. Elle commence mal car je rate le métro. Les portes se referment juste devant moi. Heureusement d'après les panneaux d'affichage, l'attente ne sera que de courte durée puisqu'il y en a un toutes les quatre à huit minutes. J'en profite pour étudier la station. Elle est propre parsemée par des affiches de spectacle dont une qui m'attire plus que les autres :

Stéphane rousseau se produit dans une salle de Montréal dans quelques jours. J'adore ce comique/chanteur/acteur/beau gosse. Je l'ai déjà vu plusieurs fois en France mais dans son pays, ce doit être différent comme ambiance. Je l'imagine sur scène en train de faire ses sketches avec pleins de mots ou expressions inconnus pour moi, simple française. Ma rêverie est interrompue par les vibrations de mon portable.

Simon : Je suis déjà là, je t'attends !

Moi : D'accord, je prends le prochain métro d'ici cinq minutes.

La rame arrive, je m'engouffre dedans et m'installe confortablement. Quelques minutes de trajet me séparent de Simon. Je repense à l'ambiance de la veille : froide en apparence et plus chaude par message. L'interrogation, quant à son attitude envers moi aujourd'hui, est prépondérante. Mais je me demande aussi ce que j'aimerais qu'il soit :

Froid pour éviter de me faire des idées et me rappeler que ce genre d'homme n'est pas une option pour une fille comme moi. En effet, j'ai le sentiment que ce n'est pas un homme pour moi, trop beau, trop prévenant. D'habitude mon style, c'est celui qui vous ignore, vous laisse dans un coin, qui ne dévoile pas ses sentiments, et le genre qui vous plante un couteau dans le dos pourrissant votre vie comme une gangrène même une fois qu'il vous a quitté.

Ou chaud ce qui m'obligerai à lutter contre mon instinct de survie de peur de laisser des plumes face au danger que je ressens à ses côtés.

Ma réflexion m'occupe jusqu'au terminus. Une fois sortie du métro, mes yeux partent en quête de mon sauveur de ces derniers jours. Mais je ne le vois pas pourtant il m'a bien dit qu'il y était déjà là…

Moi : Tu es où ?? Je suis sur le quai.

Simon : Au fond à droite.

Après la lecture de son message, mon regard le trouve. Il est sublime. Un costume change un homme, bien qu'il faut l'avouer, il n'en a pas besoin.

Telle une reine du shopping, mon observation est minutieuse : une chemise blanche et une cravate verte qui a le pouvoir de faire ressortir encore plus la clarté de ses yeux. Son regard me pénètre jusqu'au plus profond de mon être. Un malaise m'envahit car ce matin, le choix de ma tenue avait davantage été axé sur la décontraction et la simplicité. Mais maintenant, ma robe noire avec des motifs rouge, turquoise et mes ballerines jurent avec sa classe naturelle.

Mes pas me guident près de lui. Mais il reste en retrait au fond de la station dans un recoin. Arrivée à sa hauteur, son sourire s'élargit et ses lèvres s'approchent de mon visage pour aller se poser sur ma joue. Ma réflexion intérieure comme quoi « il était déjà monté plus haut que la main » me fit sourire. De plus, la déception de son accueil me fait prendre conscience qu'aujourd'hui ce sera froid comme ambiance.

Nous sortons de la station et marchons d'un pas vif, côte à côte, pour arriver devant un superbe bâtiment d'architecture moderne. On dirait un paquebot avec des lucarnes et d'énormes baies vitrées le tout sur au moins vingt étages. Un attroupement en bas de l'immeuble attire mon attention. Mais pas le temps d'assouvir ma curiosité, qu'il m'a fait bifurquer sur la rue adjacente et nous empruntons une entrée de service située à l'arrière du bâtiment.

Mon cœur s'emballe. Le fait de prendre des chemins de traverse me force à m'interroger sur le bien-fondé de cette idée. Sérieusement, je ne le connais même pas et j'accepte de dormir chez lui. Si ça se trouve c'est un tueur en série ou un violeur, ce n'est pas parce qu'il est le frère de ma correspondante qu'il est obligatoirement sain d'esprit. Essayant de ne pas céder à la panique, je le fixe. Son visage a retrouvé une certaine sérénité depuis que nous sommes à l'intérieur. L'atmosphère s'est allégée. Il est plus détendu et me gratifie du même sourire que quand il m'attendait dans l'avion avant notre baiser...

Nous montons dans l'ascenseur, il appuie sur le bouton du vingtième étage donc il habite tout en haut, il doit avoir une superbe vue. Nous nous regardons, mais sans pour autant nous rapprocher, chacun d'un côté de la cabine. Aucun de nous ne veut réduire cette distance, pourquoi ? Peut-être la peur de l'incontrôlable, de cette attraction, que nous avons ressenti lors de notre baiser et qui est encore palpable d'après l'ambiance étouffante qui nous entoure.

Ding

En parfait gentleman, il prend ma valise et m'emmène jusqu'à la seule et unique porte située à cet étage. Le couloir est encore plus luxueux que la première classe. Des miroirs en nombre reflètent les lumières du plafond. La clarté et la brillance des lieux nécessiteraient presque l'utilisation de lunettes de soleil pour ne pas être éblouie.

Ma nervosité est à son comble et ce n'est pas bon pour moi. En effet, en cas de stress important, mes pensées sortent un peu trop abruptement, qualité ? Défaut ??C'est pourquoi, une fois la porte refermée sur nous, la vision du luxe à l'état pure me foudroie sur place. Mes paroles quittent trop vite ma bouche sans avoir reçu l'aval de mon cerveau.

— Waouh mais ce n'est pas possible tu fais quoi dans la vie? Tu es un mafieux ?

Si j'avais pris le temps de la réflexion, mes mots auraient davantage témoigné mon étonnement. Mais son éclat de rire me rassura. Sa réaction me permit de me détendre un peu.

— Tu es vraiment drôle.

Néanmoins, l'interrogation sur son métier gambergé toujours dans ma tête puisque pendant notre conversation, ce pan de sa vie n'avait pas été dévoilé.

Son logement fait tout l'étage. Il a comme Marie une grande pièce à vivre avec un ilot central en guise de cuisine, un coin salon avec canapé, et une grande table de salle à manger sur laquelle on peut manger au moins à 15 personnes. Pas de cheminée mais une énorme terrasse qui donne une vue panoramique sublime de cette partie de la ville. Nous sommes tellement hauts que j'ai l'impression de toucher le ciel.

Après quelques minutes à admirer le paysage, la visite guidée continue : la chambre d'amis que je vais occuper, une autre vide qui sert de bureau avec un clic clac, sa chambre, et une salle de bain qui doit faire à elle seule la moitié de mon appartement en France.

— Tu as faim j'espère, je vais préparer des encas.
— Oui merci.

Je suis plutôt mal à l'aise de nous savoir seuls dans son appartement, plus d'hôtesse ou de commandant de bord pour nous déranger, et toujours la présence de cette lueur dans ses yeux.

Déclinant mon aide, je poursuis mon inspection en cherchant des indices sur sa vie, sur lui à travers sa décoration. Et c'est le cas, puisque sur une étagère du salon trône des trophées, mais le symbole du sport concerné m'est inconnu.

— Tu es sportif ? c'est des trophées de quelle discipline ?

La subtilité et moi, nous ne sommes pas copines. Pourquoi chercher à éluder les interrogations fondamentales ?

— J'ai été champion du Canada et vice-champion olympique de patinage de vitesse
— Et ?

— J'ai arrêté, je me suis blessé.

Ses réponses sont brèves et concises comme s'il ne voulait pas aborder le sujet. Il s'est rapproché dangereusement de moi, je peux sentir son souffle chaud sur mes épaules. En lui faisant face, mon corps s'alourdit d'une tonne. Mes jambes ont du mal à me maintenir droite et à me retenir debout. Le moment est propice au questionnement au vu de sa proximité et de sa détente.

— C'est pour ça que tu as eu une réaction bizarre dans l'avion, tu as cru que je t'avais reconnu ? je ne savais même pas que c'était un sport le patinage de vitesse.

— Oui et non

— Oui ou non, renchéris-je

— Disons que ma carrière sportive est finie et maintenant...

Ses mots s'arrêtent en plein vol et son regard devint soucieux comme s'il devait combattre quelque chose. Son visage s'était à nouveau fermé provoquant ainsi la fin précoce de cet échange. Que cache-t-il ? A-t-il honte de son métier ?

Pas le temps de l'interroger qu'il a déjà virevolté en direction de la cuisine pour s'afférer à la préparation de nos sandwiches. Il croit réellement que c'est en quittant une pièce qu'une conversation est finie, c'est sans me connaitre. Ma ténacité lui concède quelques minutes pour se calmer avant de revenir à la charge et de reprendre notre échange l'a où il l'a laissé.

— Et maintenant tu es un mafieux ou peut-être un proxénète ?

L'énormité de ma question le fit sourire mais elle ne lui délie pas la langue du moins que très peu.

— Non plus respectable.

Un silence agaçant et pesant nous engloutit. L'utilisation de mon ultime joker me parait être la solution de la dernière chance en espérant qu'elle fonctionnera. En effet, l'électricité entre nous est palpable même pour lui et je pense qu'il veut l'explorer, sinon je ne serais pas là. Qui invite une inconnue chez lui après avoir discuté cinq heures avec elle ?

— Ecoutes Simon, tu as l'air gentil mais je n'ai pas pour habitude de dormir chez des inconnus sans en savoir un minimum sur eux. C'est pourquoi si tu ne veux pas me parler un peu de toi, je crois que je devrais aller me chercher un hôtel.

Ma parole est accompagnée par mon geste. Ma main saisit ma valise et mes pieds m'aident à me diriger à contrecœur vers la porte. Mon cœur est torturé par cette envie de le connaître davantage. Devant l'entrée, mon regard se jette une dernière fois sur lui. Sa position est inchangée malgré mes mots, il est toujours face à ses sandwichs, la tête baissée. Le constat est brutal. Une douleur irradie mes membres de l'intérieur. Elle se déverse lentement me faisant sentir chaque parcelle meurtrie de mon être.

Cette réaction est désopilante dans la mesure où je ne le connais que depuis quelques jours. Mes doigts se posent sur la poignée prêts à donner le coup de grâce à cette situation. Ma concentration est extrême pour ne pas dévoiler extérieurement ma dévastation intérieure. Dans ma tête, je compte le nombre de secondes qu'il met à réagir vingt-six, vingt-sept, vingt-huit, vingt-neuf, trente. La porte est entrebâillée et je m'apprête à sortir.

— Attends reste …

Mon soulagement est immense. Mais les émotions, qui génèrent en moi en si peu de temps me font peur.

Après un long moment et voyant ma ténacité, son récit commence. Mon écoute est attentive. Nous sommes l'un en face de l'autre de chaque côté de l'ilot central de la cuisine. D'un côté, je suis ébahie et admirative de son parcours, il était sportif de haut niveau et à cause d'une blessure au genou droit, il a dû abandonner ses rêves de médaille et a changé radicalement de carrière. Il est actuellement en liste pour être le prochain ministre de la région de Montréal en remplacement de M. Poëti. Quelle ascension sociale !!! Mais de l'autre, j'ai déjà fréquenté des hommes de sa condition même si l'emballage était moins sophistiqué. Ils sont calculateurs, manipulateurs et ils ne servent qu'un seul but : leur carrière, quitte à détruire des vies, des réputations sur leur passage.

Cependant, j'ai le sentiment au plus profond de moi que lui est diffèrent. Je ne sais pas pourquoi mais je l'imagine très bien sur le devant de la scène. Il a la capacité de captiver son auditorium. De ce que j'ai vu depuis notre rencontre, il est intègre, attentionné et honnête. On aurait un ministre comme ça en France, je crois que je m'intéresserais davantage à la politique.

Pleins d'image trouvent leur explication à la lumière de cet aveu : sa réaction dans l'avion, les journalistes à l'aéroport, ces gens qui nous dévisageaient et l'attroupement en bas de l'immeuble. Ses confidences se finissent sur ses démêlés avec son ex-copine et que bien-sûr ces derniers ont été relatés dans les journaux. Sa froideur prend tout son sens car aujourd'hui il se doit à cause de sa condition, de ne plus salir son nom et son parti avec ses histoires personnelles.

Mon sourire en guise de seule réponse car je ne connais que trop bien cette situation, la honte que l'on peut ressentir, le besoin de se terrer et d'hiberner jusqu'à ce que la tempête cesse.

Les mots, qu'il exprime après, résonnent en profondeur.

— Alexe, je t'apprécie beaucoup, je m'amuse avec toi. Tu es drôle mais il faut que tu comprennes que quoi qu'il se passe entre nous, cela ne sortira pas d'ici. Dehors, nous sommes des connaissances uniquement et nous ne devons surtout pas faire cela.

Il finit sa phrase devant moi, en prenant mon visage dans ses mains et ses lèvres rencontrent mes joues, mon menton, mon front, pour venir s'échouer sur ma bouche. Malgré l'envie, je n'arrive pas à lui rendre son étreinte car j'espère ne pas être le scandale de trop qui risquerait de lui coûter son siège. De plus, je m'inquiète pour moi : comment vais-je me relever encore si ça tourne à l'orage ??

Je me dis que la carte chance n'a pas été distribuée équitablement. Je suis arrivée ici et l'ai rencontré. C'est un homme avec beaucoup de qualités, et le pauvre, il m'a moi et les boulets que je traine. Comment lui avouer ma vie en France ?

Chapitre 8

Après les confidences de Simon, l'atmosphère a changé : elle est plus détendue mais aussi plus électrique. Il est redevenu celui que j'avais apprécié dans l'avion, prévenant et doux. Nous passons une bonne partie de l'après-midi sur le canapé à regarder un film, blottis l'un contre l'autre, ma tête posée sur son torse, son bras autour de mes épaules. Il me caresse les cheveux, cette position plutôt intime s'est instaurée naturellement et c'est lentement que je pars rejoindre Morphée.

Au réveil, je suis désorientée et gênée car le rêve, dont je viens de m'extirper, est déroutant. Mes joues bouillonnent, et l'humidité de mes sous-vêtements me ramène à la réalité et à l'effet que cet homme a sur moi. Il est en train de m'observer, ses yeux pétillent. J'espère ne pas avoir parlé ou gémi pendant mon sommeil car mon malaise serait à son paroxysme. Mais il me sourit et m'observe comme je l'avais fait avant lui dans l'avion. Son regard enflamme chaque partie de mon corps sur lequel il se pose. Ma peau prend un teint rosi par l'excitation et la gêne. Je surprends ses yeux à faire des va et vient sur mes jambes dénudées car en dormant ma robe était remontée et elle laissait entrevoir mon corps jusqu'à mi-cuisse. Son œillade remonte vers mon entrejambe, qui heureusement pour moi, était restée caché par ma robe, et il continue l'ascension de mon corps jusqu'à ma poitrine. Ma tenue d'été légère laisse entrevoir mes seins durcis par les sentiments qu'il fait naître en moi, rien que par un regard. J'ai la sensation de me consumer de l'intérieur, il me caresse longuement le visage, faisant le tour de mes lèvres avec ses doigts fins. Je ne peux retenir mes gémissements et ma respiration se fait plus lourde et saccadée. Étais-je dans un mirage ? Je suis assise sur ce canapé avec un homme qui n'est même pas censé graviter dans mon système solaire et il me touche, me caresse comme personne avant lui ne l'avait fait.

Je m'abandonne à ce contact tellement intime lorsqu'il met fin à mon supplice en s'approchant lentement de ma bouche et nous reprenons notre baiser de l'avion comme si nous nous étions jamais quittés. La distance, que nous avons essayée lui comme moi d'installer entre nous, n'était plus réelle. En l'espace de quelques secondes, mon corps se retrouve assis sur ses genoux face à lui, ajoutant à cette étreinte passionnée, le contact de nos deux corps révélant explicitement notre état d'excitation commune. Dans cette position, je peux sentir l'effet que je lui fais ce qui engendre une perte de contrôle totale de ma part mais c'est à ce moment là que ma conscience me tourmenta. Je voulais de lui mais pas maintenant, pas aussi vite, et pas avant de lui avoir expliqué les raisons de mon départ précipité...maintenant qu'il s'était montré honnête. Cependant, l'attraction entre nous est trop forte et ma volonté de m'arrêter est insignifiante en comparaison. Néanmoins, la dame Hasard m'aide à ce moment là puisque le téléphone sonna, et pour une fois j'étais soulagée d'être interrompue…Il prit son portable, c'est un message de sa sœur,

Juliette : Salut, on part de la maison, on arrivera d'ici une heure. Kiss

Heureusement que nous avons été dérangé car il est déjà 18h, et le repas n'est pas prêt. Après quelques minutes à essayer de reprendre notre souffle, nous décidons que ce serait mieux d'aller dans la cuisine pour être prêt pour l'arrivée de sa sœur et sa famille. La prochaine heure sera consacrée à la cuisine et à mettre la table, tâches plutôt barbantes sauf quand on les fait avec Simon. Le choix du menu est rapide en prenant en compte les convives. En effet, sa sœur a trois enfants : deux filles de neuf et six ans et un garçon de deux ans. Nous optons pour des pâtes à la carbonara, et un moelleux au chocolat en dessert. Au bout de quelques minutes, la cuisine ressemble à un champ de bataille comme si deux gamins avaient essayé de faire à manger mais en renversant partout de la farine, du chocolat. Le rangement du désordre nécessite presque autant de temps que la préparation mais nous sommes dans les temps.

Dix-neuf heures, la sonnette de l'interphone retentit. Lorsque Simon leur ouvre la porte, je me tiens dans la salle à manger devant la table que nous venons de dresser. Leurs retrouvailles sont chaleureuses, ses nièces et son neveu lui sautent dans les bras en demandant leur cadeau. Pendant un instant, je me demande pourquoi un cadeau, est ce que c'est leurs anniversaires à tous les trois ? Mais non, il revient d'un voyage en France, il doit certainement leur avoir ramené un souvenir de là-bas en bon tonton attentionné.

Tout le monde me salue comme si j'avais toujours été là. Ils sont vraiment accueillants ces québécois. Aucune gêne de leur côté même si pour moi ce n'est pas pareil, j'ai l'impression de m'être invitée dans une réunion de famille, je n'ose pas parler, j'écoute… Simon me sourit sentant l'embarras dans mon silence face à cette situation. Mon attention est dorénavant sur Juliette. Elle n'a pas changé, elle ressemble toujours à cette photo que j'ai d'elle à sa remise de diplôme en toge et avec son chapeau à pompon.

Nous nous installons à table car l'estomac des enfants commence à crier famine. Une fois tout le monde en place, il servit le plat de pâtes. Les conversations vont bon train, je suis assise entre Juliette et son aînée. Nous échangeons sur nos vies, elle me pose énormément de questions. Cela me rappelle nos correspondances manuscrites, on s'interrogeait à l'époque sur nos écoles, nos amies, nos amours, et sur notre avenir.

Les interrogations professionnelles finies, elle a décidé de passer au côté privé. Pendant que je déguste notre délicieux gâteau, je l'entends me demander si je suis mariée, si j'ai des enfants. Sentant le rouge piqué mon visage, mon regard se relève et croise celui de Simon, qui avait cessé sa conversation avec son beau-frère pour écouter mes réponses. Leur observation est gênante. Ne voulant pas débattre de cette partie de ma vie ce soir et avec autant de personne, je réponds un non global, qui ne semble pas satisfaire la curiosité de Juliette puisqu'elle s'apprête à continuer son interrogatoire. Quand mon sauveur arriva, son fils s'était blessé en sautant sur le canapé. Il saignait légèrement de la lèvre mais suffisamment pour oublier notre conversation et faire diversion, j'adore cet enfant.

Simon remarqua mon soulagement et me fit un clin d'œil. Je lui fis mon plus beau sourire. La soirée était bien avancée, les enfants avaient été sages avant la distribution de cadeaux mais après c'étaient de vrais monstres...

Après mon sauvetage, j'écoute Juliette me parler de sa vie, sa profession d'institutrice, sa famille qui est au complet devant mes yeux. Pendant son monologue, mon regard fut happé par les lumières de la ville à travers la baie vitrée. Je repense à ma vie en France, la solitude que j'ai ressentie ses derniers mois. Et aussi mes sentiments naissants pour lui, cet homme que je connais à peine, et qui m'a déjà prévenue à quoi je devais m'attendre si on allait plus loin. Je ne veux pas être une entrave à sa vie. La décision de ne pas coucher avec lui s'impose d'elle-même du moins pas tant qu'il ne sera pas pourquoi je suis au

Canada. Je sais que ça pourrait le mettre dans une situation compromettante et il m'en voudrait. Cependant il faut le bon moment pour lui avouer. Le souvenir de nos baisers sur le canapé confirme que ma nouvelle volonté va être mise à l'épreuve.

Ma motivation est au plus haut, quand Juliette et sa famille nous quittent. Nous sommes de nouveaux seuls dans cet immense appartement. Les prémices de notre relation me plaisent vraiment et je ne veux pas perdre ce lien qui s'est créé mais va-t-il comprendre ma vie d'avant, mes choix, ma fuite ? Je débarrassai la table en évitant tout contact physique avec lui car je me souviens de la vitesse à laquelle tout s'est enchaîné cet après-midi, de nos deux corps sous tension comme des cocottes minutes prêtes à imploser.

L'ambiance reste joviale en cette fin de soirée. Il est souriant et il continue de me parler de son neveu, du casse-cou qu'il est. Il lui fait penser à lui petit, la même bouille d'après ses dires.

Salle à manger propre, lave-vaisselle en route, le moment est propice à mon échappé dans la salle de bains.

Je m'excuse auprès de lui en prétextant une grosse fatigue. Après la récupération de mes affaires dans ma chambre, je file sous la douche, une bonne douche bien froide pour calmer mes ardeurs. Je me félicite d'avoir pensé à emmener un pyjama pas trop ridicule. Je n'ai pas ce problème chez moi, je dors nue, mais sachant que j'allais chez Marie, j'avais glissé dans ma valise un short et un t-shirt.

Mon corps nage dans un océan de bien-être en sortant de la salle de bain. Je lui dis bonne nuit à haute voix en souriant, contente de moi et de cette barrière que je tente de maintenir entre nous. Mais il avait d'autres idées en tête, ressemblantes à celles que j'avais avant de me rafraichir. Ses bras m'enlacent et ses lèvres viennent délicatement se poser sur les miennes. Il me mordille celle du haut pour me gratifier encore d'un baiser déroutant. Mais ma résistance est sans faille, mon baiser en retour est timide et chaste. La surprise de ma réaction déposa un voile d'inquiétude sur son visage.

— Est-ce que tu vas bien ? tu as l'air différente ? j'ai fait quelque chose de mal ?

— Non, tout va bien, je suis vraiment fatiguée et il faut que j'envoie un message à Marie

Ce qui était vrai d'ailleurs, avec les évènements de la journée, je l'ai complètement oubliée, elle doit être inquiète. Ne voulant pas non plus le laisser dans ce malaise qui s'est installé, je m'approche de lui. Nos lèvres échangent un baiser doux et respectueux et je lui dis en lui faisant un clin d'œil

— J'ai un trou d'cul sous le bras.

Il se met à rire, voilà mission accomplie, l'atmosphère était de nouveau détendue. C'est sur cette note d'humour que je regagnai ma chambre, me glissant dans mon lit et envoyant un message à Marie.

Moi : Coucou, ton père va mieux ? La route n'était pas trop longue ? Je suis bien installée, j'ai rien pu visiter aujourd'hui mais demain c'est reparti pour la découverte. Bisous. Alexe.

Chapitre 9

L'arôme du café fraîchement coulé titille mon odorat. Mes paupières sont encore clauses laissant à mon organisme le temps de profiter d'un réveil lent. Au bout de quelques minutes, la sensation d'une présence dans la pièce m'oblige à émerger. Ma surprise est immense en me relevant du lit. Simon patiente à l'entrebâillement de la chambre, une tasse à la main. Il ne porte qu'un boxer et un débardeur. Cette tenue minimaliste laisse que peu de place à l'imagination. Mon regard descend le long de son corps, stagne sur ses cuisses musclées. Puis, mon auscultation s'arrête sur la cicatrice sur sa jambe droite au niveau du genou, celle dont il m'a parlé. L'observation est réciproque.

— Bonjour, tu es là depuis longtemps? lui demandai-je.

— Je ne sais pas quelques minutes.

Il me tend la tasse

— Tiens je t'ai fait du café.

Son attention est si gentille que cela me gêne de devoir décliner son offrande. Ma conscience savoure ce malaise qui est dû au fait que nous aurions peut-être dû davantage discuter au lieu de s'embrasser hier. Mais mon air de dégoût devant la tasse clarifie la situation.

— Oh mince tu n'aimes pas le café, tu veux du lait, du jus de fruit ?

— Non, ne t'inquiètes pas je vais me lever pour déjeuner avec toi.

Il reste devant moi, pendant que je me lève. Ma décision d'hier risque d'être dure à maintenir, s'il me regarde comme ça dès le matin au réveil...D'un signe de la main, je l'invite à sortir pour que je me redonne une beauté. De plus, avant de le rejoindre dans la cuisine, je jette un coup d'œil à mon téléphone. J'avais reçu un texto de Marie, tôt ce matin.

Marie : Hi, mon père va mieux mais le médecin lui préconise du repos, hâte de te revoir pour jaser ensemble. Peut-être qu'on pourrait aller écouter de la tune, donc attache ta tuque pour avoir du fun samedi soir.

En sortant de la chambre, mon rire me précède face à la difficulté de comprendre ma logeuse.

— Au secours, tu peux m'aider mon traducteur ??

Nos doigts s'effleurent quand je lui présente mon téléphone et un picotement me parcourt, comme si on me tatouait ses empreintes. Instinctivement, ma main fuit ce contact trop intense pour cette

70

heure si matinale. Mais contrairement à la veille, il ne semble pas vexer par ma parade.

— Alors elle te dit que samedi elle veut que tu te tiennes prête pour aller t'amuser et écouter de la musique.

Nos échanges de regard sont complices. La raison me félicite d'avoir opté pour un tabouret de bar face à lui. L'absence de croissants sur la table me réjouit car j'aime bien diversifier. Et ce matin, ce sera pain grillé. Monsieur avait déjà toasté du pain de mie, un vrai petit homme d'intérieur. L'ambiance du petit déjeuner est sereine jusqu'au moment où il se glisse derrière mon siège. Ses bras m'enlacent pendant que son souffle chaud chatouille ma nuque. Des frissons parcourent mon corps pour mourir sous l'empreinte de ses lèvres sur mon cou.

— Je te propose d'aller visiter Ottawa aujourd'hui, ça te va?
— Oui bien sûr mais je ne veux pas te déranger, tu dois avoir du travail.
— Ça fait plaisir

Mes attentes sont confuses depuis hier et surtout, depuis sa confession sur sa future profession. Ses souhaits étaient clairs en dehors de son appartement, nous n'aurons aucun geste déplacé. C'est le revers de la médaille pour une personne publique d'après lui. Mais pour moi, ça parait être la solution à mon dilemme : passer la journée dehors pour éviter les dérapages.

C'est sereinement que nous rejoignons sa voiture pour une virée à Ottawa. Elle me fait sourire, c'était tout à fait le genre de modèle dans lequel je l'aurais imaginé, une Audi Q5 blanche. Ma capacité à m'extasier dessus est limité puisque ce n'est qu'une auto et je ne suis qu'une fille. Au final, tout ce que je peux en dire c'est qu'elle est spacieuse et confortable, au vu du trajet que nous nous apprêtons à faire, cela me parait être essentiel.

Deux heures de route nous sépare de la capitale. Son bolide avale les kilomètres sans heurt. Pendant ce temps, je feins de me reposer pour éviter tout dérapage. Cette mascarade est difficile à maintenir lorsqu'il saisit ma main dans la sienne, difficile de ne pas réagir quand mon corps est en surchauffe. Comment lui dire que moi aussi je suis attirée par lui mais si ça se savait, mon passé risquerait de compromettre son futur. Un homme politique se doit d'avoir des relations irréprochables pour éviter qu'un scandale n'entache sa réputation et la confiance de ses concitoyens.

Même les yeux clos, mon organisme ressent que nous sommes arrivés à destination. La voiture ralentie puis s'arrête. Mon ouïe est décuplée. Chaque son me parvient amplifier. Ma comédie se finalise quand ses doigts effleurent mes joues et ma lèvre inférieure en me murmurant

— On se réveille ma petite française, nous sommes arrivés.

72

Il m'était impossible de cacher ce trouble qu'il provoque en moi. Mais sans le nier, je décide de le mettre de côté afin de me concentrer sur ma visite.

Ottawa me donne l'impression d'être toute petite comme si j'étais rentrée dans le monde de Ratatouille. Elle est une alliance entre la défense et une station balnéaire. Il y a beaucoup de bâtiments officiels, normal c'est la capitale. Nous sommes devant le parlement, c'est à ce moment-là que je me rends compte que le Canada a des relations étroites avec l'Angleterre. Ce monument ressemble à ceux que j'ai déjà vus à Londres comme si on l'avait téléporté au-dessus de l'Atlantique. Le nombre de parcs dans cette ville la rende attrayante par sa beauté et son respect de l'environnement.

Les grognements de mon estomac nous dirigent vers un vendeur ambulant, situé à l'entrée du parc Major's hill, pour déguster mon premier hot dog comme dans les films américains Le hot dog s'avère décevant. Non, mais qui met du chou dedans. D'après Simon, c'est la recette originale.

Il me guide jusqu'au fond du square, un peu éloigné des chemins de promenade qui le parsème et proche d'un courant d'eau séparant les régions de Québec et de l'Ontario. Nous nous installons à même la pelouse verte et douce. Cette fois-ci, ma tenue est parfaite : un pantacourt noir en lin et un débardeur fines bretelles vert turquoise, qui s'avéra confortable et simple. Et en plus, aujourd'hui, nous sommes en accord vestimentaire avec

Simon sans même nous être concertés, signe ???? Il a enfilé un jean noir et polo vert, je le suspecte de s'y connaître un peu en mode : savoir qu'il faut relever la couleur de ses yeux avec des habits, cela relève du miracle pour un homme.

La plénitude m'inonde. Profitant du calme reposant, je m'allonge, ferme les yeux pour écouter l'eau coulait. Ce lieu réveille tous mes sens avec ses richesses naturelles: le courant de l'eau, la brise chatouillant les feuillages, les oiseaux chantonnant dans les arbres, son odeur d'herbe fraîchement coupée et ses couleurs chatoyantes offrant un panel passant de l'oranger au marron. Et ce havre de paix n'est qu'à quelques minutes du centre-ville. J'ai de la chance d'être là, et d'avoir trouvé un aussi bon guide que Simon.

Au cours de cette expédition, la complicité que nous avions eue dans l'avion sans avoir peur de la compromettre refait surface. Son visage est serein, il semble content de ce rapport entre nous, même si par moment nos corps, qui se frôlent, nous rappellent à l'ordre. Cet instant est vraiment agréable. Juste lui et moi, nous apprenons à nous connaître sans nous laisser guider par nos pulsions.

Après un petit moment, l'exploration de ce paradis s'impose et nous profitons des nombreux points d'observations de la ville et des différentes affiches expliquant l'histoire de ce parc. Notre chemin croise plusieurs promeneurs, joggeurs qui nous fixent mais maintenant j'en connais les raisons. Cependant, je constate que sa popularité est moins importante ici, puisqu'il n'y a pas de journalistes qui l'attendent. D'ailleurs, même les regards en coin sont plus discrets. Néanmoins, il me gêne quand même.

Enfin d'après-midi, nous décidons de rebrousser chemin vers Montréal. Le trajet retour me parut moins long, peut-être à cause de la peur d'être seul ce soir avec lui. Vous n'avez jamais remarqué : quand vous voulez quelque chose, le temps d'attente paraît durer une éternité. Alors qu'à l'inverse quand vous craignez une situation, celle-ci arrive toujours à une vitesse folle.

Chapitre 10

Quand nous arrivons à l'appartement, le soleil commence à se coucher. Simon, qui jusqu'à présent, n'avait jamais utilisé de mots dont je ne connaissais pas le sens me dit.

— Viens rentrons avant la noirceur.

La simplicité de ce mot ne nécessite aucune traduction.

A peine rentrée, je m'affale sur le canapé. Je ne sais pas si c'est le contre coup du décalage horaire, de la route d'aujourd'hui ou de ma lutte intérieure, mais mes jambes ont du mal à supporter mon poids. En temps normal, je suis une fêtarde mais depuis que je suis ici, j'ai l'impression de me coucher avec les poules.

Mon téléphone me sort de ce repos. Mince j'avais entendu la sonnerie d'un message en fin de matinée quand je simulais mon sommeil mais après je n'y ai pas prêté attention.

Marie (message de 11h51) : Hi, je ne veux pas t'achaler, je voulais jaser de tes excursions de la journée.

Un deuxième texto de ma logeuse apparut sur mon écran et un autre de la sœur de Simon.

Marie : Tu babounes ??

Juliette : Hi, je suis sur Montréal demain, ça te dit de venir magasiner avec moi ?

Mon cerveau est à la limite de l'épuisement et il réclame de l'aide à Simon pour répondre à mes interlocutrices.

— Pour Marie, elle ne voulait pas te déranger mais juste discuter de tes visites, et babouner c'est bouder.

— A mince c'est parce que j'ai oublié de lui répondre, et ta sœur laisse-moi deviner c'est aller faire les magasins ??

— Oui tu vois tu commences à t'intégrer, me dit-il en m'embrassant sur la joue. Demain, j'ai une réunion professionnelle, je serai absent toute la journée donc c'est bien que ma sœur prenne mon relai au moins tu ne seras pas seule.

Une idée que j'acquiesçai. Passer du temps avec Juliette devrait être instructif. Je pourrai peut être même apprendre des choses sur Simon.

Pendant que je m'attelais à leur répondre, il nous prépara un plateau télé. Ce soir, c'est pizza au menu, j'adore sa simplicité.

Moi : Coucou Marie, non je baboune pas. Désolé, j'ai été visité Ottawa aujourd'hui c'est une ville superbe. Demain je vais faire du shopping. Bisous.

Moi : Salut Juliette, super idée pour demain, rendez-vous en fin de matinée en bas de l'immeuble de Simon. Bisous.

Nous mangeons assez rapidement, le grand air ouvre l'appétit puis nous nous blottissons l'un contre l'autre. C'est le premier vrai contact physique de la journée comme un besoin commun, il m'attire contre lui. Son corps occupe toute la longueur du canapé, le mien prend place sur son flanc. Nos bustes sont collés comme des siamois, ses jambes sont prisonnières des miennes. Ma tête a repris naturellement sa place sur son torse et mes mains se glissent sur son polo aux niveaux de ses abdominaux. Il me caresse le dos du bout des ongles, me faisant frissonner à chaque passage. Quand il estompe sa câlinerie, mon corps le réclame comme en état de manque. Mon envie de lui est intense mais je sais qu'il faut que je lui parle d'abord donc, sentant que le moment est propice, ma tête se relève prête à me confier.

Mais quel spectacle, il s'est assoupi. Son sommeil est serein. Les mouvements de son torse sont réguliers. Son visage est parfaitement détendu. Malgré la déception de ne pas avoir pu avouer mon passé, je m'extasie devant autant de beauté. Mon regard ne peut se détacher de cet ange. Aucun défaut ne gâche cette frimousse, seule une cicatrice située sur son menton se détache même si elle ne se voit uniquement à cause de notre proximité. Mon observation dure une minute, une heure. Je ne sais pas, mes paupières ne m'obéissent plus, elles se referment sans mon accord...

Chapitre 11

J'ouvre les yeux tranquillement, j'ai bien dormi. Au bout de quelques instants, la confusion du réveil s'est dissipée, où suis-je ? Pas dans ma chambre, ni sur le canapé, pourtant je suis quasiment sûre que c'est le dernier endroit où mes paupières ont bien voulu s'ouvrir.

Mon regard scrute mon environnement, et je suis dans la chambre de Simon. Mon inquiétude grandissante, quant aux évènements de la veille, s'évanouit en soulevant la couette puisque je suis toute habillée, ouf…mais vu la couverture repliée sur elle-même de l'autre côté du lit, je pense que je n'ai dormi pas seule.

Ma fatigue était tellement extrême que je ne l'ai même pas sentie me porter et me glisser au lit. Avoir dormi ensemble sans même m'en souvenir c'est frustrant mais aussi rassurant ; au moins je n'ai pas cédé à mes envies.

Je me demande « son lit et pourquoi pas le mien ?qu'il me soulève jusqu'à ma chambre ou la sienne, cela revenait au même ». Cette interrogation n'est que rhétorique, lui avait été clair sur nos rapports, il me voulait dans sa vie mais comme une maîtresse. Personne ne devait savoir « Ce qui ce passe dans l'appartement reste dans l'appartement ». Mais c'est moi qui freinait nos relations, j'ai déjà vécu ce genre de situation et je me suis perdue en chemin donc de devoir recommencer me fait peur. J'en ai subi les conséquences c'est pourquoi je suis là, est ce que je suis prête à les faire subir à Simon ?

Ne pouvant refreiner mes doutes, je me contentai d'examiner sa chambre, son espace intime, je n'y avais pas prêté attention lors de sa visite guidée. Son agencement est parfait. Le lit est face à la baie vitrée offrant une vue superbe dès le réveil qui vous met de bonne humeur. Elle est sobre et neutre par ces murs de couleurs claires, mais plusieurs dessins accrochés lui donnent un côté artiste. Ce sont des portraits fantaisistes, un peu comme Van Gogh. J'espère qu'il n'a pas l'intention de se couper l'oreille, ce serait un beau gâchis sinon !

Encore amusée par ma réflexion, je me retourne vers la porte en entendant du bruit, Simon rentre dans sa chambre, vêtu uniquement d'une serviette autour de la taille. Il a déjà pris sa douche, l'eau ruisselle encore le long de ses abdos, il a cette marque qui part du flan et descend en V en direction de son pubis. C'est la première fois que je vois le corps d'un homme aussi parfait. Il doit faire beaucoup de sport encore aujourd'hui pour garder cette anatomie, sinon la nature serait mal faite. Il constate que je le fixe, cette situation le fait rire. On voit la différence entre lui et moi, il s'amuse en assumant ce qu'il veut, alors que moi je rougis et baisse les yeux par gène de ne pas être à la hauteur de ce que j'ose vouloir. La timidité mais aussi l'abnégation, pourquoi moi ? Que fais-je ici ? Je peux vous dire qu'il doit y avoir une foule de filles devant sa porte.

Je n'ai jamais été très portée sur la confiance en moi, et en vieillissant et au vu de certains évènements ça a empiré. Physiquement, je ne suis pas moche mais pas un top model non plus. Je me définis comme quelconque : ni belle ni moche ; ni grande ni petite ; ni grosse ni fine et poitrine suffisante. Pas très valorisant comme jugement. C'est pourquoi, je perds mes moyens quand il me dévisage comme il le fait actuellement. Depuis que je le connais, j'ai remarqué que pour arrêter son regard insistant, il faut faire diversion donc c'est tout naturellement que je lui pose des questions sur ses œuvres :

— C'est toi qui dessines ?

— Oui j'aime bien, ça me détend après une longue journée

— C'est de famille, ta sœur aussi me faisait pleins d'esquisses sur ses lettres, vous êtes doués tous les 2...

Mais son attention fut de nouveau happée par mes lèvres qui bougeaient quand je lui parlais.

Son téléphone sonne et il répond tout en continuant de m'observer. Il n'avait pas l'air heureux de cet appel. D'après les brides de conversation que j'ai malheureusement écoutée, il devait partir rapidement. Il raccroche et sans un mot, saisit ses vêtements accrochés dans sa penderie. Mon regard reste figé sur lui pensant le voir partir dans la salle de bains pour se préparer.

Mais non, il me tourne le dos en faisant glisser la serviette le long de ses jambes, laissant apparaitre à ma vue ses fesses bien musclées. A ce moment-là, je pouvais servir de phare pour éclairer toute l'ile de Montréal. Il prend son temps, en enfilant doucement son boxer une jambe puis l'autre avant de le remonter délicatement à sa place. Il sait que je le regarde, en même temps, difficile de détourner les yeux d'un tel spectacle. Il me fait face et me sourit en s'approchant de moi. Cet homme n'a aucun souci de pudeur ou d'acceptation de son corps. Je suis déjà à bout de souffle, mes réactions sont tellement visibles qu'il peut lire en moi comme dans un livre ouvert, c'est encore plus gênant. Il me repousse sur son lit pour venir se positionner au-dessus de moi. Sa bouche s'attèle à enflammer ma nuque en y déposant plusieurs baisers. Mon corps n'est que contradiction, je frissonne extérieurement alors que je bouillonne au plus profond. Heureux de son effet sur moi, il m'abandonne pantelante pour enfiler sa tenue officielle d'homme du monde : costume noir, chemise blanche, le tout relevé d'une énième cravate verte.

Je me rassois sur le lit, ma respiration reprend un rythme plus lent et régulier. Ses séances tactiles me vident en m'emmenant à chaque fois plus vite et plus prête de cet abyme sans s'y engouffrer…Le silence de la pièce me permet de reprendre le contrôle de toutes mes émotions avant qu'il s'approche de nouveau de moi. Le baiser sur mon front est chaste. Un rictus au bord des lèvres, il se satisfait de la situation.

— Je sais que ce n'est pas bien de te mettre mal à l'aise mais tu es si mignonne quand tu rougis. J'ai un imprévu, je dois partir maintenant. A ce soir, amuses toi bien avec ma sœur.

Et me voilà seule enfin. Profiter de ma solitude pour prendre un bon bain avant que Juliette arrive me paraît être une excellente idée. De plus, j'adore sa salle de bain. Elle est spacieuse, et bien équipée : une douche italienne et une baignoire à remous. En me glissant, dedans, un fond musical s'extirpe de mon portable afin que la détente soit totale.

Mais j'avais un appel en absence… ma mère, mince, elle aussi, je l'ai oubliée. C'est l'effet Simon. Pour éviter de n'être encore distraite, je décide de l'appeler directement. Répondeur zut, ce n'est pas grave. Je lui laisse un message au moins elle entendra le son de ma voix et elle sera rassurée.

« Coucou maman, je suis désolée, hier je suis allée visiter Ottawa donc je suis rentrée tard, c'était vraiment magnifique. J'adore ce pays. J'espère que papa et toi, vous allez bien. Je vous embrasse .Alexe »

Mon message est sélectif sur les événements récents. En effet, l'océan nous sépare et je n'ai pas envie d'avoir une leçon de moral au téléphone sur les règles à suivre avec des inconnus même si je sais que Simon n'est pas vraiment un étranger pour moi. Mes parents se montrent très protecteur depuis quelques mois, c'était une des raisons de mon départ : étouffement parental.

M'installant confortablement dans la baignoire, je décide de ne m'être aucun fond sonore, juste le silence. Quel apaisement !!

Chapitre 12

Je finis d'enfiler ma veste en jeans, aujourd'hui il y a un petit vent donc elle ne sera pas de trop. L'envie de faire un peu de sport m'oblige à choisir les marches plutôt que l'ascenseur, et puis, j'ai le temps Juliette m'a prévenue de son arrivée d'ici dix minutes. L'esprit perdu dans mes pensées, j'oublie complètement de sortir par l'arrière du bâtiment donc je me faufile dans le hall d'entrée. L'attroupement est toujours présent, normal ce sont des journalistes. Lorsque je le constate, il est trop tard ils m'ont déjà vue. Si je fais demi-tour, j'éveillerai leur curiosité. Pauvre Simon, ces vautours cherchent la moindre carcasse à se mettre sous la dent.

Je prends mon courage à deux mains, secouant la tête pour éloigner ses flashbacks de souvenirs qui me hantent et je sors.

— Madame, bonjour, je suis journaliste pour le magasine hello canada, saviez-vous que M. Hatelin Simon, notre futur ministre de Montréal vit dans votre immeuble ? L'avez-vous déjà vu ? Avez-vous quelque chose à nous raconter sur lui ?

— Euh non, je ne l'ai jamais vu, mentis-je.

Juliette est là, sur le trottoir d'en face. Elle fait des grands signes pour que je la remarque derrière tous ces appareils photos. Je m'excuse auprès de mon interlocuteur, et la rejoins.

— Ça va ? me dit-elle.

— Oui mais la prochaine fois, je n'oublierai pas de passer par la porte de service.

Nous nous sourions et commençons notre journée magasinage. Elle a décidé de refaire toute sa garde de robe, elle veut plaire à son mari. Après trois grossesses, un relooking complet est nécessaire d'après elle. Je la laisse me traîner dans toutes sortes de magasins.

Physiquement, elle ne ressemble pas à son frère. Elle est plus petite que moi, un peu ronde, cheveux et yeux noirs. Son visage est tacheté par des grains de beauté. Et son teint est plus clair que lui. Chacun a dû hériter des traits du visage de chaque parent. Mais au bout de seulement quelques minutes, je pouvais confirmer qu'au niveau caractère, c'était son frère tout craché. Elle prenait un malin plaisir à me mettre mal à l'aise en m'emmenant dans des magasins de lingerie, un sex shop et une capoterie. Je ne savais même pas qu'un magasin dédié uniquement aux préservatifs existait dans ce bas monde. Mon esprit m'ordonna de me calmer en me disant que la situation ne pouvait pas être pire. Qu'avais-je dit ? Justement c'est quand on n'ose émettre cette idée que cela empire: un message de Simon.

Au moins, il n'entendra pas ma gêne par texto...

Simon : Ca va ma petite française, remise de tes émotions. Vous êtes où ? J'espère que ma sœur ne t'embête pas trop.

Moi : Non, on passe un super moment ensemble.

J'opte pour la non réponse afin d'éviter à mon visage d'être encore plus cramoisi qu'il ne l'est déjà mais lui en avait décidé autrement.

Simon : Vous êtes où alors ?

Moi : Tu ne dois pas travailler ?

Simon : Si j'y suis, j'attends mon prochain rdv. Pourquoi tu ne veux pas répondre à ma question ?

Moi : Elle m'a emmené dans une capoterie, ça te va ? Je suis presque sûre que tu dois te moquer de moi et de mes joues rouges en ce moment. Je trouve que ta sœur et toi vous n'êtes pas sympa avec moi...Je baboune...

Simon : Tu as raison pour me faire pardonner, je te propose de venir danser ce soir. C'est la fête de mon meilleur ami, et on doit sortir dans une boite qui s'appelle « le rouge bar ».

Moi : Sa fête ça veut dire son anniversaire ?

Simon : Oui c'est ça.

Moi : Cool, c'était le mien hier donc on pourra boire un coup à ma santé.

Simon : C'était ta fête, pourquoi tu nous as rien dit ?

Moi : Je le fête rarement, c'est un an de plus c'est tout.

Simon : Ok je dois te laisser mon entrevue va commencer, mais ce soir on va célébrer ta bougie en plus.

J'adore discuter avec lui par message. Ses échanges sont plus sincères, moins stressants, et surtout plus équitables puisqu'il ne peut pas jauger mes réponses à la simple vue de mes réactions.

Simon : Et au fait ma petite française, je préfère goût vanille...

Le teint de mon visage réfute mes pensées précédentes, même par message, il prend un malin plaisir à exacerber mon malaise. Mais sans le savoir, ses règles du jeu venaient de changer. Sa capacité à jouer avec mes nerfs en toute circonstance m'exaspère et mon désir de vengeance germe. Sa torture ne peut avoir lieu qu'en privé alors que pour ma part, ma distraction sera d'éveiller discrètement ses émois en public. Ma décision est prise. Ce soir, je sors le grand jeu, histoire de le faire rougir en guise de revanche. Un sentiment d'invincibilité m'habite en retournant ses propres principes contre lui. En effet, en dehors de son appartement, son toucher est interdit, seuls ses yeux pourront réagir pour ne pas éveiller la curiosité. Le fait d'être en boite entouré par plein de monde me rend certaine du déroulement de la soirée.

La mise en pratique de mon plan est immédiate, et pour cela, il me faut une tenue et des chaussures. Me retournant vers Juliette, qui est en pleine comparaison entre deux sortes de préservatifs.

— On peut retourner rue sainte Catherine, je sors ce soir avec ton frère et je n'ai rien à me mettre.

Qu'ai-je dit ? Des milliers d'étoiles se mirent à pétiller dans ses yeux. J'ai l'impression d'avoir annoncé à une enfant qu'elle allait pouvoir jouer à la poupée grandeur nature.

Avant de quitter la capoterie, jouant la provocation jusqu'au bout, je lui achète une boite de préservatifs à la vanille en réponse à son message, mais mon choix se porte sur une petite taille.

Il est déjà seize heures quand nous arrivons dans un magasin proposant des vêtements de grandes marques et d'autres moins connus. Après plusieurs essayages, une petite robe noire avec une ceinture couleur or se détache du lot. Sa longueur est parfaite pour moi juste au-dessus des genoux. Sa simplicité me convient tout en étant un tantinet sexy grâce à son décolleté plongeant, qui requiert l'achat d'un collier.

Me voilà paraît d'une robe et de mes bijoux. Seules, les chaussures manquent à l'appel. Nous flânons encore devant les vitrines quand mes yeux s'attardent sur elles. Toutes seules sur une étagère, elle m'appelle « Alexe, Alexe, viens nous acheter » : des LOUBOUTINs. Elles sont sublimes, et s'accorderaient parfaitement avec ma nouvelle tenue. L'essayage est obligatoire, je ne suis qu'une fille. Elles sont noires avec deux lanières couleur or remontant au niveau de la cheville, et la semelle rouge bien sûr. Je marche un peu dans le magasin, je n'ai pas mis de talon depuis des mois mais c'est comme le vélo, ça ne s'oublie pas. Mes premiers pas ressemblent davantage à ceux de Bambi qu'à un top model sur un podium. Avec la hauteur des talons, mes jambes paraissent plus fines, plus allongées, elles me mettent en valeur. La décision de les acheter fut rapide. Si Simon n'avait pas été là, j'aurais dû aller à l'hôtel, donc mon budget hébergement s'est reconverti en l'espace de quelques secondes en budget chaussures.

La journée magasinage touche à sa fin, nous nous sommes amusées comme deux copines qui ne s'étaient jamais quittées. Cependant, les obligations familiales de Juliette la forcent à rentrer chez elle. De plus, maintenant, je dois laisser place à la mise en œuvre de mon plan. Elle me dépose en bas de chez son frère. L'excitation mélangée à de la nervosité m'habitent lorsque je rentre dans le bâtiment. Je sais qu'il est là car il m'a envoyé un message pour me prévenir. Dans l'ascenseur, mon sentiment d'invincibilité s'effiloche au fur à mesure des étages, pour n'être qu'inexistence devant la porte d'entrée. D'ailleurs, un doute m'investit. Je ne sais même pas ce que je dois faire ? Rentrer ? Sonner ?

Chapitre 13

Ma bonne éducation exige que je frappe et que j'attende que mon hôte vienne m'ouvrir. Le bruit des clefs dans la serrure annonce son arrivée imminente. Mon attente sur le palier avec les bras remplis de sac dure une éternité. Mais, elle n'est qu'un lointain souvenir lorsque le visage surpris de Simon apparaît dans l'entrebâillement.

— Salut, pourquoi tu as toqué ?

— Je ne savais pas si je pouvais rentrer directement, m'excusai-je.

— Bien sûr que si, me sourit-il. Dis donc tu as dévalisé les magasins, ce n'était pas ma sœur qui devait le faire, me taquine-t-il.

En homme galant qu'il est, il se charge de prendre les preuves de ma fièvre acheteuse, et les dépose sur la table de la salle à manger.

— Viens je vais te présenter mon copain avec qui on sort ce soir.

Son excitation est communicative. Sa jeunesse me frappe lorsqu'il est dans cet état d'esprit : heureux et insouciant. On dirait un gamin…Sa main saisit la mienne et elle me guide jusqu'au salon. Un homme nous tourne le dos, assis sur le canapé. Notre arrivée l'oblige à se lever pour me saluer. Son visage m'est familier, en grande fan de l'émission de danse dans laquelle il expose son talent depuis plusieurs saisons... c'est lui, impossible de ne pas le reconnaître.

— Vous êtes Christophe Centpatte, le danseur professionnel ?

Ma réaction surprend Simon, pour une fois ce n'est pas moi qui suis gênée.

— Oui, enchanté, et vous c'est Alexe ? j'ai entendu beaucoup de bien de vous !!!

Encore un adepte de la franchise qui vous fait rougir.

La conversation s'établit rapidement après les politesses de rigueur concernant nos anniversaires respectifs. Afin de profiter au maximum de la soirée, un apéritif dinatoire s'impose. La préparation est rapide. De plus, la convivialité facilite la suite de nos bavardages. Mon regard délaisse Simon pour son ami. Sa beauté est si naturelle que même l'absence de maquillage ne lui fait pas défaut. Ses yeux sont si bleus que je ne peux soutenir son regard. Une impression de plonger dans la mer des caraïbes m'enivre.

Je vis un rêve éveillé, entourée par deux apollons. Déjà un était une situation étrangère pour moi, mais deux ce n'est pas possible. Peut-être ai-je été victime d'un accident ? Mon corps est-il plongé dans le coma ? Ce serait plausible et mon cerveau me ferait vivre tous mes fantasmes. Si c'est le cas où est Stéphane Rousseau ??

Pour vérifier ma théorie, mes doigts décident de pincer Simon. Sa réaction réfute mon hypothèse et confirme que cette scène est bien réelle. En l'observant, mes yeux se focalisent sur la dureté de son visage. Son attitude est froide et renfermée, je ne pense pas qu'elle soit due à ce petit geste de ma part. Tout son corps traduit un manque d'assurance. C'est la première fois que je le vois ainsi. Mon imagination cherche activement une explication à son comportement, et j'invente même qu'il est dû peut-être au regard mielleux que son copain me lance depuis tout à l'heure. Mais arrête de rêver Alexe ? me dis-je. Sa condition et son charme lui donne accès à autant de filles qu'il veut.

Afin de me ressaisir et d'arrêter mes divagations, ma santé mentale s'astreint à fuir en leur faussant compagnie pour aller me préparer. Maintenant, le choix de ma tenue ne semble plus adapté à la situation. Ma confiance en moi s'est exilée c'est pourquoi la peur de ne pas assumer ma robe m'envahit. Néanmoins, l'envie de mettre mes nouvelles chaussures est plus forte que ma crise existentielle. Mon corps lutte contre la fatigue depuis mon arrivée au Canada. Mais, ce soir est un grand soir, je me dois de faire bonne impression même si j'appréhende de m'afficher aux bras de ses hommes. Nous risquons de nous attirer les œillades.

La douche m'a revigorée, je me félicite d'avoir pensé à emmener un peu de lingerie moins banale que celle de d'habitude. J'appelle ça le kit de survie. Mon dilemme se joue entre un tanga noir en dentelle et un string noir en soie avec des liens à nouer sur mes hanches. Ce sont les derniers vestiges de ma vie amoureuse d'avant. Le tanga se singularise par son invisibilité sous ma robe si près du corps, révélant ainsi mes courbures. Mon maquillage est toujours léger avec juste ce qu'il faut d'accent sur mes yeux. Il ne reste plus que ma coiffure quand Simon me rappelle à l'ordre en frappant à la porte

— Alexe dépêche-toi, on part d'ici quinze minutes.

Instinctivement, je scrute ma montre. J'avais perdu la notion du temps entre la préparation et mes pensées, j'ai monopolisé la salle de bains depuis plus d'une heure. Pire qu'une mariée.

Ni une ni deux, mes cheveux arborent de belles boucles soyeuses et je suis prête.

Enfin pas tout à fait, la panique s'invite en moi. La peur de dévoiler autant de mon anatomie à ces hommes, surtout à Simon, réduit l'air de cette salle de bain si spacieuse et rend ma respiration plus difficile. Sortir de l'appartement rapidement est la solution pour éviter qu'il ne reprenne le contrôle de ma revanche et qu'il la retourne à son avantage…c'est pourquoi, mon corps se proscrit derrière la porte en attendant son dernier appel.

98

— Alexe es-tu prête ? on y va.

L'alarme « danger » sonne dans ma tête mais je l'ignore. Prenant une grande inspiration, je saisis son petit cadeau et je souris toute seule, contente de ma blague. La dernière once de courage fuit mon être lorsque je sors et me retrouve devant un peloton d'exécution. Ils me fusillent avec leurs iris. Ma vision se focalise sur Simon, comment fait-il pour être aussi irrésistible ? Quoiqu'il porte. Il sera toujours aussi sexy, même en bleu de travail. Mais ce soir, sa tenue le met plus particulièrement en valeur : un jean qui épouse parfaitement ses formes. Ce choix est peu judicieux dans la mesure où quoiqu'il ressente, la preuve sera rapidement visible par un simple coup d'œil. Et une chemise blanche dont les deux premiers boutons ne sont pas attachés, laissant entrevoir le haut de son torse musclé et bien dessiné. Négligence ? Je commence à le connaître moi aussi, je dirais que c'était délibéré.

Nous sommes happés par les yeux de l'autre. Ses faussettes font leur apparition ce qui confirme que ma robe lui plaît mais aussi qu'il se satisfait de mes joues qui bouillonnent. Parler pour dissoudre ce moment de gêne et peut être même réussir à faire redescendre la chaleur qui émane de mon corps face à lui semble être la solution.

— C'est bon je suis prête, on y va.

Le bras de Christophe me saisit pour me guider jusqu'à la sortie et il dépose son autre main dans le bas de mon dos. Ce contact n'était pas désagréable. Loin de moi, l'idée de me plaindre mais c'était à des années lumières de ce que faisait naître en moi Simon par un simple regard. Cependant, je le laissais faire car ce soir, je suis en mode revanche... Délaissant l'étreinte, je décide de retourner offrir le cadeau à Simon en privé. C'est une histoire entre lui et moi et puis à vrai dire, je n'assume plus totalement ma blague.

Sa silhouette est statique dans la cuisine, son téléphone à la main. Mon retour le fit sursauter de surprise. Ma main lui tend son présent.

— Tiens c'est pour toi ?

— Merci mais c'est pour quelle occasion ? c'est ta fête pas la mienne.

— Par plaisir et pour ton hospitalité, bégayai-je.

Son rire est si enfantin lorsqu'il découvre la boîte, le même son que celui de l'avion. Son fou rire efface les dernières traces de tension sur son doux visage.

Ne lui laissant pas le temps de répondre à mon offrande, mes jambes répondent à mon inquiétude en prenant la direction du couloir pour rejoindre son ami dans le couloir.

— Simon on t'attend, beugle Christophe

L'ignorance est tentante pendant que j'attends patiemment devant l'ascenseur que mes joues reprennent une couleur plus naturelle. Je suis une sorte de Hulk au féminin sans avoir le contrôle de ma transformation du moins pas depuis qu'il est dans ma sphère relationnelle.

Ding, enfin.

La délivrance arrive dans quelques minutes, le besoin d'air extérieur se fait prépondérant. Simon pénètre en dernier dans la cabine me frôlant délibérément et vient se placer derrière moi. La présence de son ami ne semble pas calmer ses ardeurs même si celui-ci est absorbé par un coup de téléphone. Ses mains glissent autour de ma taille pendant que ses lèvres déposent un long baiser dans ma nuque en m'attirant au fond de l'ascenseur. Mon corps s'engouffre dans un état de surchauffe en une seule seconde. Son corps attire le mien en arrière pour s'appuyer contre les parois. Son étreinte se resserre tellement sur nous, que nos bustes ne font plus qu'un. Mon dos est collé à son torse. Cette promiscuité me permet de sentir que ma blague et ma tenue ont eu l'effet escompté. Mon visage n'est pas prêt de changer de teinte. Ma vengeance m'échappe et se retourne même contre moi. Une infime partie de moi pensait réellement pouvoir la contrôler mais…Mes yeux se focalisent sur le défilé des numéros d'étage sur le panneau d'affichage, encore douze à tenir…

Cependant, ses mains me ramènent à la réalité car elles partent en exploration. Elles commencent à jouer avec l'ourlet de ma robe pour mieux se faufiler jusqu'à la naissance de mon tanga. Il joue avec la dentelle de celui-ci. Ses caresses sont douces et délicates mais ses doigts s'approchent dangereusement de mon feu personnel. Dans mon cou, je sens son air satisfait et son sourire lorsqu'il titille mon intimité et ressens l'humidité à travers la finesse du tissu. Ses lèvres continuent leur va et vient sur le creux de ma nuque. Les frissons ont pris possession de mon corps ressentant chaque parcelle de mon être réagir à son contact. Ma respiration est devenue difficile, l'air s'est raréfié. Il a ce pouvoir sur moi, mon organisme me lâche. Je ne suis plus maître de mon enveloppe corporelle, je ne suis que sa marionnette. Il sait où il veut m'emmener. Néanmoins, la satisfaction, de ce que je sens au niveau de mes fesses et aussi les tambourinements de son cœur dans mon dos, me rassure sur l'effet que j'ai aussi sur lui. Dernier coup d'œil plus que trois étages et après il redeviendra froid.

Dans ma tête, ma conscience m'ordonne de garder le contrôle car je ne peux satisfaire mon besoin primaire ici, avec Christophe à côté et simplement avec des caresses. En même temps, la pression est à son paroxysme depuis notre rencontre et à cause de mon abstinence de ses derniers mois. En plus, me provoquer est son plaisir personnel et il ne cesse de m'approcher toujours plus près de l'extase sans me laisser accéder à la délivrance. Sa tête s'est relevée jetant une vague de fraîcheur sur ma nuque. Certainement pour constater de lui-même, le temps qu'il nous reste avant de quitter ce cocon. Voyant le chiffre un, ses attentions s'arrêtent brusquement. Il remet délicatement ma robe en place, et me susurre à l'oreille

— Merci pour le cadeau ma petite française, mais ce n'est pas ma taille. Peut-être devrai-je les donner à Christophe.

Sa réflexion me fait sourire car il confirme lui-même ce que j'avais ressenti tout à l'heure. Sa jalousie lui avait fait perdre ses moyens face à son ami. Comment peut-il penser qu'une femme lui préfère son copain à lui ?

Chapitre 14

Vingt minutes seulement, nous sépare de la discothèque. La confusion de mon esprit m'entraine vers l'arrière de la voiture. Le trajet me délivre de son emprise physique et psychologique. Mon regard est fixé sur les lumières de Montréal à travers la vitre, évitant son regard dans les rétroviseurs. Ainsi mes idées deviennent plus claires, tellement claires, que je m'en voulais d'avoir essayé de le combattre. Personne ne peut lutter contre ses charmes. Encore moins, une provinciale comme moi. La peur me submerge si sa ville avait vent de notre attirance. Cette situation avait comme un air de déjà vu qui me laissait un gout amer dans la bouche : une jeune femme tombant éperdument amoureuse d'un homme important. Et quand le vent change de direction, c'est elle qui sera jugée responsable de ses actes à lui.

En arrivant, l'envie de m'amuser avait repris le contrôle de ma tête. La soirée me permettra d'oublier mes souvenirs et peut-être même d'avoir le cran de tout lui avouer. Mais pour le moment, place à la danse.

La boite est située sur le plateau du Mont Royal. A l'entrée, un escalier divise celle-ci en deux atmosphères différentes. Le client est roi, il choisit son ambiance pour la soirée : intime et confortable au rez-de-chaussée ou plus déjantée au premier étage. Le calme étant à bannir ce soir, je guide mes deux acolytes vers le palier supérieur. Le monde est agglutiné sur la piste de danse. Mon sens de l'observation me permet de constater rapidement que ce n'est pas la boite de nuit de M. tout le monde, mais plus de personnes dans le genre de Simon ou Christophe c'est-à-dire des comédiens, des chanteurs, des hommes politiques, ... Des visages me sont d'ailleurs familiers.

Nous nous mettons en quête d'une table, et par chance, nous en trouvons une près de la piste. Notre petit groupe se dirige vers elle, Simon me tire ma chaise comme tout homme galant qui se respecte. Ses doigts en profitent pour effleurer mes épaules nues. La surprise me fit sursauter du fait du public. Au vu de ce que j'avais remarqué sur les personnes, qui étaient déjà présentes, et à l'attitude de Simon, je compris que c'était un club très select. Ceux qui y rentrent sont tenu à un genre de secret professionnel. D'ailleurs juste au-dessus du bar, une pancarte affiche :

Règle n°1 : il est interdit de parler du « rouge bar »

Règle n°2 : il est interdit de parler du « rouge bar »

Règle n°3 : il est interdit de parler des règles précédentes.

Ses mots déclenchent une vague d'inquiétude en moi sur le genre de club dans lequel je suis, pas un club échangisme j'espère. Mais ma raison reprend le dessus. C'est juste une boite privée où des « people » peuvent s'amuser sans craindre des paparazzis ou des groupies. Un endroit dans lequel ils peuvent être eux-mêmes.

Mais cette prise de conscience ne me convenait pas du tout, ça changeait la donne entre Simon et moi. Il n'allait pas se gêner pour rasseoir son pouvoir sur moi. La meilleure idée qui me vient à l'esprit, c'est de boire. Je sais, pas spécialement l'idée du siècle. Mais l'alcool a un pouvoir soporifique sur moi et ce dès le premier verre. Et en parfait gentleman, j'ose croire qu'il n'essayera pas de me pervertir. Justement, sa galanterie le dirige vers le bar pour aller me chercher un verre.

Seuls à la table, Christophe me propose de danser. Mon acceptation est probablement mon deuxième mauvais choix de la soirée, espérons qu'il n'y en a pas un troisième. Sa main me guide sous le feu des projecteurs. Heureusement pour moi, la chanson qui se joue nécessite que nous dansions chacun de son côté. Mes mouvements ne sont pas très coordonnés mais j'essaye de cacher ce mal être et d'éviter d'être trop empotée. Mon attention se porte sur son déhanché. Il pourrait largement faire concurrence à Patrick Swayze. Son visage affiche un sourire radieux. Il est dans son élément. Sa beauté n'est plus un secret même pour lui, les filles bavent autour lui comme des saint Bernard en rut. La situation me fait sourire car je suis à peu près sûr que j'ai le même regard et la même envie envers Simon. D'ailleurs, il me manque c'est pourquoi, je jette un coup d'œil au bar mais il n'y est plus. Mes yeux scrutent l'assemblée rapidement avant de rencontrer les siens. Il est retourné à notre table et son attention est sur moi. Mes pieds continuent d'entrainer mon corps en rythme mais les sensations sont différentes. Je me sens belle et désirable. Mon taux de confiance en moi est monté en flèche, rien qu'en sentant son regard sur moi. Nous décidons en accord avec Christophe de rejoindre notre table. Ce dernier me raconte son parcours dans la danse pendant que les verres se succèdent dans sa main tandis que ma raison ne m'en autorise qu'un seul. Et il est amplement suffisant car déjà le sang bouillonne dans mes veines et la gaieté prend le contrôle de mon corps. L'attitude de Simon m'inquiète. Elle est détachée et je pense que cela n'augure rien bon.

Christophe me traine à nouveau sur la piste. Mes jambes gigotent énergiquement sur un air de Shakira quand le dj annonce le temps des slows…Le moment de la fuite est arrivé mais mon temps de réaction est altéré par mon cocktail. Sa main réduit ma tentative en échec et il m'attire auprès de lui. Ses bras m'englobent naturellement. Le malaise d'être dans les bras d'un autre s'estompe peu à peu. En effet, après avoir échangé des banalités, sa langue se délie et il me raconte des anecdotes sur son ami. Son fameux Copain, dont le regard noir me transperce le cœur. Sa contrariété me fait peine à voir.

La musique arrivant à sa fin, une troisième main se pose sur mon dos. L'attitude déterminée de Simon ne laissait aucun autre choix à Christophe que de céder sa place. Cette situation fait rire ce dernier qui prend un malin plaisir à torturer son ami en m'adressant un clin d'œil. Le contact entre Simon et moi est électrisant. Je le ressens et lui aussi. La lueur pétille encore dans son regard. Les mots sont surplus, juste danser peau contre peau. Notre proximité me permet de sentir que son cœur bat la chamade tout comme le mien. Nous nous perdons dans la mélodie de nos rythmes. Mes mains se sont hissées autour de sa nuque pendant que les siennes sont posées sur le creux de mes reins, juste à la naissance de la dentelle de mon sous-vêtement. Personne ne nous observe, c'est magique. Chacun est absorbé par sa ou son partenaire. Son corps est sous tension, il lutte contre son agacement. Peut-être suis-je aller trop loin en dansant avec son ami ? Mais au fur à mesure, nos pas s'enchainent, son étreinte est plus ferme, plus sûre. Sans comprendre comment, nos lèvres se sont rejointes comme deux aimants. De ses dents, il mordille ma lèvre inférieure. Ce geste n'est pas douloureux mais il m'invite juste à lui laisser davantage d'espace pour son intrusion. Nos langues se retrouvent, jouent ensemble en se tâtant, s'effleurant. La chaleur m'envahit, le feu se consume en moi et me rappelle le baiser de l'avion. Celui qui vous fait oublier qui vous êtes et surtout où vous êtes.

Le silence nous arrête dans notre rêve éveillé, l'animateur annonce la fin du temps calme, suivi par la dernière chanson à la mode. Le réveil est brutal.

Toujours aucun mot juste des regards complices. Ma main enlacée dans la sienne, nous décidons de rentrer en abandonnant Christophe au milieu de sa horde de prétendantes.

Chapitre 15

Des cris provenant de la cuisine me tirent de mon songe. Je reconnais la voix de Simon mais l'autre m'est inconnue, une intonation plus féminine. Mes yeux s'ouvrent lentement et constatent encore une fois que je suis dans sa chambre. Par contre cette fois-ci, ma tenue est plus minimaliste. Seuls mes sous-vêtements cachent mes parties les plus intimes. D'ailleurs, ma robe n'est nulle part. Mes souvenirs sont absents, je savais que l'alcool n'était pas une bonne idée. La dernière image de la soirée est la sortie du club et d'être montée dans la voiture. Mais après, un brouillard épais a pris possession de ma tête.

La satisfaction d'avoir eu raison sur les attentions de Simon me rassure. La présence de mon tanga confirme qu'il s'est comporté en gentleman. Notre connexion était intense hier et ma raison risque de céder donc je me dois de tout lui avouer.

Je n'aime pas fouiller dans les affaires des autres mais l'absence de ma robe m'oblige à ouvrir son armoire. Tout est bien rangé, sa penderie regorge de costumes et de chemises. Le reste de ses vêtements est plié et rangé sur des étagères. L'une d'elle attire mon attention, ce ne sont pas des affaires d'homme. La curiosité sur la scène, qui se joue de l'autre côté de la porte, surpasse le questionnement sur leur présence. Mon choix se porte sur un t-shirt rose et un short, pas la tenue sexy mais suffisante pour pouvoir m'extraire de cette pièce. Mon regard se focalise sur mon reflet. Je ne me suis même pas démaquillée mais rien n'a coulé. Heureusement, j'évite le remake de boso le clown.

En sortant de la chambre discrètement, je les vois accoudés à la cuisinière. Son agacement est perceptible, elle agite les mains dans tous les sens, alors que lui sourit en fixant un magazine. Le visage de la femme ne m'est pas familier. Mon attention se concentre sur elle. Sa beauté est perturbante. Sa chevelure blonde absorbe les rayons de soleil. Elle est de la taille de Simon donc grande pour une femme. Sa tenue est simple mais sophistiquée et elle a une posture naturellement classe. Celle-ci exprime sa confiance en elle. Mon observation est interrompue par le prénom que Simon énonce. Elle s'appelle Lucy.

Lucy, Lucy, pourquoi ce nom me semble si familier. Après quelques secondes à rechercher dans mon cerveau embrouillé, la conversation d'hier pendant le slow avec Christophe me revient en mémoire, il m'en a parlé. Il m'a raconté ce qu'elle lui a fait subir. C'est une vraie manipulatrice. Christophe m'a avoué qu'elle et Simon étaient ensemble depuis des années. Elle le suivait partout quand il était un grand sportif. Le jour où il s'est blessé et que sa gloire était finie, elle l'a quitté. Cela avait été douloureux pour mon traducteur préféré mais il a remonté la pente. Après ses mois de convalescence et l'annonce de sa nouvelle carrière politique, elle est revenue, s'excusant, lui promettant qu'elle avait changé qu'elle l'aimait et il l'a repris. Ils ont été de nouveau heureux jusqu'à qu'elle trouve, il y a quelques mois, un homme plus riche et plus médiatisé pour assouvir son besoin de reconnaissance. Je hais les femmes comme ça, elle est calculatrice, elle s'est servie de lui.

Simon m'appelle à ce moment-là me sortant de ma réflexion, mes pas me guident timidement près d'eux et je la salue. Mon dégoût pour ce genre de personnes est difficile à intérioriser. Mais mes parents m'ont bien élevée. Ma politesse et mon sourire sont de mise. Le magazine, que Simon regardait, se trouve à ma hauteur. Oh m…, je suis en première page de hello canada. Mon visage est légèrement caché par celui de Simon donc on ne peut pas deviner que c'est moi. Cependant, la photo ne laisse peu d'équivoque sur la nature de notre relation. Elle a été prise cette nuit sur la piste lors de notre baiser. Apparemment quelqu'un n'a pas respecté les règles du « rouge bar ». Les mots de Simon à mon arrivée font écho à ma panique mais il a toujours l'air détendu. Ma confusion est totale. Le pire scénario catastrophe s'est produit puisqu'il y a des photos de nous, tout le monde le sait et son ex lui fait une crise de jalousie. Mais sa réaction est déroutante, son visage est serein.

Elle recommence à crier sur Simon, mais je ne comprends aucun mot sauf un qui me fait rire « agace-pissette ». Il la regarde, la laisse s'énerver toute seule, comme s'il avait l'habitude. Le ridicule de la scène me saute aux yeux dans la mesure où c'est elle qui l'a quitté. Elle m'inspire de la pitié car sa vie doit être pathétique pour revenir comme ça en rampant. Sa crise commence légèrement à m'agacer. L'envie de la remettre à sa place m'envahit et m'entraine si près de Simon que mon bras s'installe dans son dos. Nos hanches se rencontrent. Sa réponse ne se fait pas attendre, il glisse sa main sur mon épaule et m'attire davantage près de lui. Nous marquons l'un comme l'autre notre territoire.

Ma réaction l'atteint car elle m'adresse la parole. Entre deux cris, je comprends, que le t-shirt que je porte, est le sien. Ne voulant rien lui voler, mon corps s'extirpe de l'étreinte de Simon pour se déshabiller et le lui rendre. En lui tendant, je lui demande :

— Tu veux le bas aussi? il est à toi ?

Le visage de mon traducteur s'illumine et sa concentration est extrême pour retenir son fou rire. Mon agacement est tel que je ne ressens aucune gêne à être en soutien-gorge devant eux. Mon attitude a eu raison de sa crise puisqu'elle quitte l'appartement sans un mot.

Chapitre 16

A peine la porte claquée, la joie de Simon cède la place à de l'inquiétude. Le sujet de la furie qui lui hurlait dessus n'est plus à l'ordre du jour et je ne veux pas le brusquer. C'est pourquoi, j'accepte sa diversion de me prendre dans ses bras et déposer délicatement un baiser sur mes lèvres comme si j'étais en porcelaine. Pendant quelques instants, la réalité de ma tenue est remplacée par le plaisir de ce contact. Néanmoins, elle me rattrape lorsque ses mains sur leur sillage diffusent des décharges sur ma peau nue. Mes joues se colorent instantanément. Son sourire s'élargit.

— Ce n'est pas beau de se moquer, l'accusai-je.

— Mais non, ne babounes pas.

Notre complicité est plus présente que jamais. Cependant, je m'éloigne de lui pour aller revêtir un haut. Quand je réapparais, c'est à mon tour de faire diversion pour éviter de reprendre notre étreinte. Même si je sais au fond de moi, que c'est peine perdue. Tous les paramètres sont en sa faveur : l'isolement, l'absence de vêtements, la tension. Mais j'aimerais retarder l'échéance pour me laisser le courage de me confesser.

— J'ai faim, est ce que je peux déjeuner ?

— Du café ? me répond-il en s'esclaffant.

— Je vois que monsieur est de bonne humeur.

Installer l'un en face de l'autre, nous mangeons en silence. L'absence de communication est perturbante et pesante, j'initie donc la conversation pour alléger cette ambiance.

— Sympa la photo, mais tu ne devrais pas être en colère au lieu d'être aussi jovial ?

— Non en fait, cela m'arrange, je n'avais pas envie de garder notre relation secrète

— Notre relation ?

— Je ne veux plus jouer Alexe, tu me plais beaucoup et je sais que je te plais aussi. J'ai envie de plus que de jouer au chat et à la souris

Quel regain de franchise !!! Il accompagne son geste à la parole, en se hissant près de moi et en commençant à me caresser les épaules. Ses doigts jouent avec les bretelles de mon débardeur et de mon soutien-gorge, il les soulève une a une pour y déposer un baiser. Mes jambes deviennent coton, mon esprit pénètre dans un brouillard mais je dois me sortir de ce piège avant que mon passé ne vienne lui éclater en pleine figure. Dans un dernier élan de motivation, mon corps esquive ses caresses et s'écarte de lui. Ma réaction le déroute.

— Ecoute, Simon, je t'apprécie beaucoup mais il….

Mon temps de réaction est encore trop lent puisque l'assaut brutal de sa bouche sur la mienne me fait taire. Mes fesses se retrouvent plaquées contre la table de la salle à manger. Ma conscience me dit de lutter, mais mon corps est déjà en mode pilote automatique. J'abandonne et le laisse maitre de mon anatomie.

Ses contacts sont plus ardent que la veille, lui aussi est sous pression. Son t-shirt n'est plus que de l'histoire ancienne et seul son boxer cache son anatomie mais en dessinant la preuve de son excitation. Sa bouche délaisse la mienne pour partir à la conquête de mes seins. En quelques secondes, mon haut a disparu et mon corps livré à sa merci. Ses dents mordillent la pointe d'un de mes tétons, pendant qu'il titille l'autre avec sa main. Mon corps retrouve rapidement l'état d'échauffement de la veille, la surchauffe n'est pas loin. Néanmoins, il continue à pousser toujours plus loin. Son autre main se dirige plus bas, à la source de chaleur. Sa paume effleure le point le plus sensible de mon organisme à travers le tissu. Un gémissement incontrôlable s'évacue de ma bouche. Un état de manque s'abat sur moi lorsque ses mains ne sont plus sur mon corps. Mes paupières, qui étaient fermées à cause du surcroit d'émotion, s'obligent à s'ouvrir pour constater qu'il s'affairait plus bas à faire glisser doucement le superbe short de Lucy et mon tanga le long de mes jambes. Ma nudité, à ce moment précis, ne me dérange pas et ne fait pas rougir car j'aime le regard qu'il pose sur moi. Il me veut. Il a envie de moi.

Il se relève et reprend là où nous en étions. Ses lèvres frôlent ma peau vierge de lui. Il prend son temps profitant de chaque partie de mon corps. Ses baisers voyagent sur mon cou, le creux de mon oreille, mon buste, mon bas ventre. Ma respiration est vraiment difficile, je ressens le besoin de l'avoir en moi. J'ai envie de lui maintenant, l'attirant vers le haut pour l'embrasser à pleine bouche. Mes mains descendent sur l'élastique de son boxer. Elles se faufilent à l'intérieur, pour le sentir entre mes mains. Mes va et vient le font gémir contre mon oreille. Nous ne sommes pas loin de notre orgasme mutuel. La frustration de ces derniers jours m'indique que les longs préliminaires ne sont pas nécessaires. Mon corps est prêt à le recevoir. Libérant son membre de sa prison de textile, je me positionne confortablement sur la table.

Un baiser et il part dans la salle de bain. Cette absence me fait frissonner, mon corps se sent abandonné. Mais son retour est rapide. Il me tend une boite de préservatif goût vanille avec un sourire malicieux. Je m'agenouille pour pouvoir lui en dérouler un. A ce moment précis, les cours de pratique sur la banane au collège me reviennent en mémoire. Je ne suis pas vierge mais mon unique relation a duré longtemps donc leur utilité n'était pas nécessaire. De sa force, il me soulève pour me réinstaller sur la table. Naturellement, il se place entre mes jambes. Sa pénétration est lente et douce. Je sens à quel point, il m'enflamme grâce à son entrée rapide, c'est comme s'il glissait en moi.

Un besoin vital de l'avoir plus profondément dans mon être m'assaille. Mes cuisses resserrent leurs étreintes et le croisement de mes pieds sur ses fesses l'oblige à se rapprocher encore plus près. Mon souffle se fait court. Ses va et vient sont de plus en plus rapides, j'aime la sensation qu'il fait naître en moi. A chaque poussée, son pubis prodigue un massage à mon clitoris m'emmenant aux bords de l'abysse. Mon implosion n'est pas loin et lui aussi doit le sentir car il me murmure. « Regarde-moi ma petite française ». En lui obéissant, j'explose dans un gémissement qui me parait durer une éternité. Les yeux dans les yeux. Une sensation tellement intime. Se donner corps et âmes à l'autre, cela décuple le plaisir. Ses baisers continuent d'affluer. Ses mains me caressent la pointe de mes seins endolorie par une telle effervescence. Le passage emprunté par son sexe est plus étroit, certainement dû à ma jouissance mais c'est à son tour, je l'aide en continuant de bouger mon bassin en rythme avec lui. Puis, il se laisse aller en moi dans un dernier coup de rein brutal. Notre désir était tellement exacerbé par ses jours de tentation que notre première fois fut rapide mais intense.

Nous restons à nous cajoler pendant quelques instants, avant qu'il ne se retire de mon intimité. Un vide m'emprisonne sans lui comme s'il était la pièce manquante de mon corps. Il me porte jusqu'à son lit. Nous nous recouchons même s'il est presque onze heures. Nous restons ainsi heureux d'être ensemble, profitons de nos moments à deux. Nos corps retrouvent leur position habituelle avec ma tête sur son torse. Mon être tout entier est exténué d'avoir été aussi malmené sous l'effet de nos pulsions. Je n'ai jamais ressenti un tel plaisir une telle communion. Bercée par la mélodie de son cœur lente et régulière, je plonge dans un sommeil profond et apaisé.

Quand je me réveille, je me rends compte que j'ai dormi deux heures, Simon est toujours à côté de moi. Il me caresse le dos, cette intimité entre nous est nouvelle mais tellement naturelle. Une journée au lit est si reposante. Les sujets de conversation s'enchainent.

— Je peux te poser une question, demandai-je.

— Oui bien sûr.

— Pourquoi tu as eu un fou rire dans l'avion quand je t'ai demandé si tu étais le frère de Juliette.

Son rire revient de plus belle. Entre deux éclats, il me fournit quand même une explication.

— Parce que c'était la première fois qu'on me reconnaissait comme le frère de …En général, je suis l'ancien sportif ou le nouveau politicien mais pas le simple frère de…
Tu sais, je ne laisse personne entrer dans mon cercle privé car beaucoup veulent uniquement se servir de moi.

Mais toi, tu ne savais même pas qui j'étais, et c'est cela qui m'a plu...

Sa vision de ses relations est déprimante. Mais lorsque mon esprit divague sur Lucy, je la comprends. Elle résulte de toutes ses tromperies. Leur histoire a été portée à ma connaissance mais j'espère que quand il sera prêt, il me la contera de lui-même. Ma compréhension est indulgente dans la mesure où moi aussi j'ai des secrets que je n'arrive pas à lui avouer...

— Et tu vas faire quoi pour la photo ?

— Rien, je crois, que c'est le signe, qu'il faut que nous vivions notre relation au grand jour. On ne sera plus obligé de se limiter à mon appartement.

Ses mots sont appuyés par son index aguichant le creux de mes seins. Mon corps se réveille lentement, encore sous le choc de notre dernière effusion. Mais cette fois-ci, je voulais scruter son corps d'athlète. Maintenant que nous avions fait l'amour, je suis en accord avec ma nudité et la sienne. Instinctivement, je m'asseois sur lui à califourchon. Notre jeu de séduction me plaît. Cette position me rassure sur l'effet que je lui fais, bien que je n'y crois toujours pas. Alors quoi de mieux que des travaux pratiques pour vérifier la théorie. Mes doigts font des va et vient sur son torse. Je dessine chaque abdominaux du bout des ongles, prenant mon temps comme si ma main était perdue dans un labyrinthe. Un frisson lui parcourt le corps. Je finis de parcourir les derniers : les obliques. Partant de ses flancs, lentement je suis le tracé de ses lignes jusqu'à son pubis. Son regard est intense et il est pour moi. Galvanisée par ses réactions, je remonte jusqu'à son menton, je veux calmer mes ardeurs, et les siennes puisque je sens déjà son sexe relevé. Il est calé sur mon entrejambe engendrant une pression sur mon clitoris faisant réveillant à nouveau mon désir. Mais je ne veux pas que cela ne devienne que sexuel, je veux pouvoir continuer à explorer notre complicité. J'ai besoin de me sentir apprécier c'est pourquoi, mon toucher quitte la zone non-droit vers son visage et sillonne le chemin de sa cicatrice que j'avais repéré sur le canapé.

— Tu t'es fait quoi ?

— Quand j'étais enfant, je jouais avec des petites voitures. J'ai eu la bonne idée de m'en servir comme des patins à roulette et sur ce je me suis ouvert le menton.

Une fois son explication finie, il me saisit par la taille et me fait rouler sur le dos, pour se retrouver de nouveau sur moi. Son regard est devenu si sérieux et intense que j'en rougis. L'absence de moquerie de sa part rend l'atmosphère tendue. Sa bouche s'ouvre et se referme plusieurs fois sans qu'aucun son ne sorte. Ma patience est récompensée lorsqu'au bout de quelques tentatives, les mots s'évacuent.

— Je sais que demain tu dois retourner chez Marie, mais est-ce que tu voudrais rester ici avec moi ?

— M…Marie, j'ai complètement oublié de lui envoyer un message

Mon corps l'éjecte sous l'impulsion avant de se lever pour récupérer mon téléphone. Il est resté dans la cuisine. Une lumière clignote sur ce dernier, signe de messages reçus. Je m'installe sur un tabouret de bar pour y lire mes deux messages.

Juliette : Hi, alors tu as passé une bonne soirée ? Pas trop mal aux pieds avec tes nouvelles chaussures.

Juliette : J'ai eu ma réponse dans le magazine ce matin. Je suis contente pour vous deux. Prends soin de lui. Bisous.

C'est officiel maintenant. La fuite n'est plus une option car je devrai abandonner une partie de mon être.

Moi : Bonjour, excellente soirée, je me suis bien amusée. Je ferais de mon mieux. Bisous.

Avant d'écrire à Marie, ma réflexion se porte sur la proposition de Simon, qui est alléchante. Rester avec lui me plairait. Mais en même temps, je ne suis pas sûre que ce soit une bonne idée. La bombe peut éclater n'importe quand. Ma motivation est partie en fumée depuis les derniers événements.

Comment vais-je faire ? Malgré mes doutes, ma décision est prise donc j'envoie un message à ma logeuse.

Moi : Coucou Marie, je m'amuse beaucoup, j'espère que tu vas bien. Mon ami Simon a proposé de m'héberger plus longtemps si ça ne te dérange pas ?bisous

La réponse est quasi instantanée.

Marie : Hi pas de problème, je vais en profiter pour rester ici, mon père a rendez-vous chez le médecin samedi après-midi donc je reprendrai le char dimanche. Kiss.

Un rictus aux lèvres comme témoin de mon bonheur actuel. Je rejoins Simon au lit. Il est assis perdu dans ses pensées. En me voyant revenir, il esquisse un demi-sourire.

— Qu'est ce qui t'arrives ?le questionnai-je.
— Tu n'as pas répondu à ma proposition.

Son mal-être me rassure quant à sa condition humaine. Mon envie de vengeance m'oblige à feindre l'ignorance. Le voir aussi inquiet prouve que j'ai autant de pouvoir sur lui que lui sur moi.

Cette prise de conscience est effrayante dans la mesure où notre rencontre est récente.

— Laquelle ?

Mais son humeur n'est plus à la taquinerie donc j'arrête.

— Celle où tu me proposes de rester encore un peu ici ??

Son visage se radoucit, et son demi-sourire s'élargit pour laisser place à un sourire total.

— Je viens d'envoyer un message à Marie pour lui demander si ça ne la dérange pas et elle…

Mes lèvres partent à sa rencontre mais son regard me questionne, il attend ma réponse.

— …m'a dit de bien m'amuser. Donc je reste.

Ses traits se détendent enfin. Le moment de faiblesse n'est qu'un lointain souvenir et sa reprise du contrôle est rapide. Ses mains m'attirent vers lui jusqu'à ce que je m'échoue à ses côtés

— J'ai une autre proposition, renchérit-il.

— Encore.

— Est-ce que ça te dirait d'aller passer le congé de fin de semaine à Québec ?

Chapitre 17

Je suis sur un petit nuage. La descente risque d'être rude. Avec Simon, nous sommes sur le départ pour aller passer deux jours à Québec. Je n'ai pas réussi à lui dire tout ce que j'aurais dû, mais il était tellement adorable, prévenant. Et faut dire que nous n'avons pas beaucoup eu le temps de discuter, nos corps ne voulaient plus se quitter alternant quête de tendresse et de plaisir. J'avoue ma lâcheté, je ne voulais pas gâcher ni son bonheur ni le mien pour un risque hypothétique. Quelle est la probabilité que ma réputation en France vienne entacher son ascension au Canada? Infime j'espère, c'est pourquoi je me concentre sur notre voyage ensemble, le premier en tant que couple officiel. Mes explications auront lieu à notre retour dimanche soir. Une voix dans la tête me rassure en me disant qu'il aura appris à me connaître davantage et ne me jugera pas.

Pendant le trajet, mes yeux avalent tous ses paysages magnifiques pour les mémoriser. Plus nous nous éloignons de Montréal, plus nous avançons vers les grands espaces. J'apprécie ses couleurs dignes des plus belles images de carte postale. L'été indien est vraiment installé, c'est sublime. La liberté est à ma portée. L'habitacle est calme, nous sommes silencieux, juste un fond musical. Nous n'arrivons pas rompre ce contact entre nos corps comme un besoin vital de sentir l'autre près de soi. Juste sa main sur ma cuisse et la mienne par-dessus suffit à maintenir ce lien invisible entre nous. Une question me résonne dans la tête depuis notre journée de rêve d'hier : « Peut-on tomber amoureuse aussi rapidement ? »

Nous nous arrêtons à mi-chemin à Drummondville pour manger. Heureusement parce que je meurs de faim, entre la journée magasinage et les repas inachevés à l'appartement, je vais pouvoir enfin rassasier mon appétit. Il se gare devant « le Roy jucep », d'après lui c'est l'endroit où il faut goûter la spécialité du Québec. Il est le premier à l'avoir commercialisé et ce depuis 1964. Nous sommes dans notre bulle. D'extérieur, je pense qu'on doit avoir l'air idiot. Un sourire est greffé à mon visage tellement mon bonheur est intense avec lui. Et d'après son rictus, c'est réciproque.

Nous nous dirigeons vers le restaurant, il m'ouvre la porte, quel homme galant ! Je croyais que c'était une espèce en voie d'extinction. Il me suit en déposant sa main sur le bas de dos, toujours la même décharge. Mon corps a pris l'habitude d'être en surchauffe par ses caresses donc c'est tout naturellement que nous nous dirigeons vers la table que la serveuse nous montre.

— Honneur aux demoiselles, me lance-t-il en tirant ma chaise.

— Merci.

Après avoir pris place en face de moi, sa main reprend la mienne sur la table et l'effleure tendrement.

— Alors prête à manger notre spécialité, la poutine.

— Il y a quoi dedans, m'inquiétai-je.

— C'est des frites, avec du cheddar en grain nappé d'une sauce secrète marron.

Pour être honnête, le plat ne me tente pas du tout mais il est si content de me le faire découvrir

— J'aime vivre dangereusement, répondis-je accompagné de mon plus beau sourire

Au-dessus du comptoir, une télévision attire mon regard. Elle retransmet le championnat du monde de patinage de vitesse. Ma gêne est palpable car je ne sais pas si c'est un sujet tabou. En constatant cela, il rompt ce malaise en parlant de sa période sportif international. Le service est rapide, mon assiette de poutine est déjà sur la table, nous continuons donc cette conversation en mangeant. Il m'avoue que sa carrière n'était qu'un accident de parcours. Il a commencé à patiner sur le lac derrière chez ses parents en s'amusant à le traverser le plus vite possible pour éviter que la glace ne cède sous son poids. Le jeu est devenu un sport dans lequel il a excellé. Les compétitions lui ont permis de beaucoup voyager. Champion olympique fut le dernier titre qu'il ait obtenu avant son accident. Son regard se voila à l'évocation de ce souvenir. Cette ultime pensée le peinait encore malgré les années passées. Son visage est très expressif, c'est pourquoi j'intervins pour rendre un peu de légèreté à la conversation.

— Je fais du self défense.

Ses signes de faiblesses sont reconnaissables et pour le détendre, rien de mieux qu'un fou rire pour oublier ce qui le ronge. Il me le confirme en éclatant de rire à mon information, mon idée était la bonne.

— Sérieux, il t'enseigne comment frapper? se moque-t-il en donnant des coups de poing en l'air.

— Oui, j'ai appris des techniques pour m'échapper en cas d'étranglement, d'agressions dans le dos ou au sol. J'ai été aussi initiée à donner des coups. Celui que j'adore c'est le coup de genoux dans les parties intimes, rapide et efficace.

— Est-ce que je dois avoir peur ??

— A priori non.

Nous rions en chœur. Malgré la jeunesse de notre relation, je m'aperçois que nous nous entendons vraiment bien. Chacun de nous comprend les failles de l'autre et le rassure quand nous en voyons les premiers symptômes.

Le repas touche à sa fin, mon estomac est rebu. Nous regagnons la voiture, toujours collés l'un a l'autre. Une heure nous sépare de Québec, j'en profite pour envoyer un message à ma mère.

Moi : Coucou maman, je vais super bien. Je me suis fait des amis, je visite Québec aujourd'hui et demain. Quoi de nouveau chez vous ? Bisous

A peine ranger mon portable que c'est au tour de celui de Simon de sonner. Il me le tend pour que je regarde qui c'est, quelle confiance !!

— C'est un texto de Christophe, tu es sûr que tu veux que je le lise, l'interrogeai-je.
— Oui, vas-y s'il te plait, je conduis.
— Ok, « salut Simon, j'ai passé une bonne soirée avec ta blonde et toi. On essaye de se refaire un truc ensemble. Kiss »

Ses joues rougissent, deuxième fois en deux jours…bien que je ne compte plus les miennes. Mais ma nouvelle nature joueuse m'oblige à amplifier son malaise.

— Ça veut dire quoi la blonde ?
— Petite amie, rétorque-t-il en fixant la route l'air de rien.

Sa difficulté à dire ces mots me font sourire, lui qui est tellement entreprenant dans d'autres circonstances. Mon attention se reporte sur la nature. Mon esprit revit tous les moments intenses depuis mon arrivée ici. Les paroles de son ex-copine me reviennent en mémoire.

— Et d'ailleurs j'ai oublié mais Lucy hier m'a dit agace pissette, ça veut dire quoi ?

— Allumeuse.

— Sympa ton ex.

— Comment tu sais que c'est mon ex ?

Cette fois-ci, c'était à mon tour d'être gêné, ma gaffe risque de mettre sa relation avec son ami en péril. En voudra-t-il à Christophe de m'avoir tout raconté ?

— C'est Christophe pendant que nous dansions le slow, il m'a un peu raconté ton histoire avec elle, répondis-je en fuyant son regard.

— Alors pendant que tu dansais avec lui, il ne te draguait pas ?

— Non, il avait remarqué que tu étais jaloux. D'ailleurs, tout le monde l'avait remarqué.

Sa main exerça une pression plus forte sur la mienne comme pour s'excuser de sa réaction envers son ami.

D'un accord commun, nos téléphones sont éteints pour qu'aucun sujet important ne soit abordé pendant les vingt-quatre

132

prochaines heures. Simon m'avoue que c'était ses derniers moments avant de devenir ministre. Sa nomination devrait être officiellement annoncée courant de la semaine prochaine. C'est pourquoi, il veut profiter au maximum de sa liberté avant les conseils, les réunions ; mais en dehors de sa ville pour limiter le risque d'avoir de nouvelles photos en première page people, chose impossible à Montréal.

Ses besoins sont plus que compréhensibles. L'envie d'être juste nous. De plus, après je devrai certainement penser à retourner en France. Mon aventure était temporaire, je ne peux rester indéfiniment ici. L'argent risque de me manquer…

Chapitre 18

Québec,

Plus qu'un pont à traverser, un géant d'acier, nous permettant de survoler le fleuve Saint Laurent, et nous sommes arrivés dans la plus française des villes canadiennes. Simon qui connaît bien les lieux, me propose un auto-tour pour visiter la partie « nouvelle » puis une ballade à pied dans le « vieux Québec ». Sa connaissance des lieux est un atout, je ne peux que valider son planning. Avec la voiture, nous parcourrons la colline parlementaire où sont situés les bâtiments officiels du gouvernement, le parc des champs de bataille. Et nous finissons par emprunter le boulevard Champlain afin de rejoindre la vieille ville. Nous longeons le fleuve, il y a des énormes paquebots de croisière qui font escale ici.

Après avoir délaissés la voiture, notre exploration main dans la main commence par la partie de la ville encore fortifiée. Je suis ébahie, être à des milliers de kilomètres de la France et avoir l'impression d'y être. Simon nous guide vers une calèche.

— Une petite visite insolite mademoiselle ?

Je le suis et nos corps se blottissent l'un contre autre. Le rythme lent des chevaux me permet d'apprécier la richesse de cette ville et de ses souvenirs : la citadelle, l'architecture, ses nombreux symboles religieux. Après une heure de promenade, nous accédons au quartier Champlain en empruntant le funiculaire.

Perdue dans mes pensées pendant l'ascension, mes yeux fixent la vue et s'humidifient. Simon me tire de ma rêverie en me parlant au creux de l'oreille.

— Alexe, tu ne te sens pas bien ?s'inquiète-il.

— Si si, tout va bien.

Son sourire gomme ma tristesse. Il passe son bras autour de mes épaules et m'attire vers lui. Le temps est comme suspendu, je vis un rêve éveillé depuis que je l'ai rencontré dans l'avion. Ma vie a changé depuis que je l'ai vu. Mon épanouissement est lié à lui. Je savoure cet état d'esprit même si au fond, je sais qu'il est fragile. Comment puis-je combattre ses émotions ? Ai-je envie de lutter ?

Notre ascension est finie. Le quartier ressemble aux vieilles rues de chez moi avec des pavés, des cafés. Une ambiance romantique et chaleureuse se dégage de ces lieux. Une vague de nostalgie m'habite. Je n'ai pas l'habitude d'être loin de ma famille donc une semaine sans les voir, le manque se fait sentir. Néanmoins, ce dernier est moindre comparé au néant qui s'abattra sur moi quand je devrai quitter Simon pour rentrer en France.

Notre visite de la ville touche à sa fin, nous nous redirigeons vers la voiture en descendant du quartier Champlain par les escaliers casse-cou qui révèlent une multitude d'artistes de rue. Mon attention est happée par une fresque, elle est immense. Elle fait toute la façade d'un immeuble, je demande à mon guide une explication.

— C'est un tableau qui représente les personnes et les symboles importants pour le Québec : les sœurs, Jacques Cartier, Samuel de Champlain, le hockey, …

Je l'écoute attentivement comme une élève concentrée, j'adore l'écouter parler. Son accent chante à mes oreilles. Mais le flot de ces mots s'arrête soudainement.

M… j'espère que je ne ressemble pas aux filles en boite et que je ne bave pas devant lui, la honte sinon !!

— Tu m'écoutes Alexe??
— Oui, je suis attentive, j'adore ton accent.
— Je n'ai pas d'accent c'est toi qui en a un, se défend-il.

Cette réflexion ne mérite même pas que je la relève, dans la mesure où c'est peine perdue. En effet, l'un comme l'autre, nous sommes convaincus de ne pas en avoir. Pour éviter un conflit inutile, je prends l'initiative, en glissant mes doigts entre les siens. Pendant son cours, ses explications sur la fresque avait nécessité la rupture de notre lien, mais mon corps ne peut rester plus longtemps sans son contact. Je le tire en avant pour lui faire reprendre notre descente vers la voiture.

Ma délicatesse semble l'amuser et le surprendre, c'est sûr je ne suis pas la reine de l'action. J'ai du mal à montrer ou à dire mes sentiments et encore plus avec un homme comme lui qui me fait perdre mes moyens par un simple regard. J'ai l'impression d'être un papillon prêt à se brûler les ailes en volant trop près de la lumière. Il se rapproche de moi. Ses lèvres se posent sur les miennes tout en me poussant en arrière, je le laisse me guider. J'observe autour de nous sans desceller notre étreinte, et je remarque que nous sommes dans une ruelle. Mon dos rentre en collision avec le mur. Le bruit a disparu ou est-ce que c'est notre bulle qui est devenue plus hermétique ??Je ne sais pas. Ses mains glissent sur mes fesses, pour me rapprocher encore plus près de lui. Sa possession devient plus intense à cause de toute la retenue dont nous avons fait preuve aujourd'hui. Mon corps a besoin de reprendre vie sous ses lèvres, ses doigts comme s'il était anesthésié et que seul lui pouvait le réveiller. Sa bouche quitte la mienne, me laissant le souffle court et me susurre.

— Alexe, tu ne sais pas quel effet tu as sur moi, tu es sublime. J'ai tellement envie de toi que c'en est douloureux. Il y a bien longtemps que je n'ai pas ressenti autant de désir pour quelqu'un.

Ma respiration était presque douloureuse. Il n'avait pas énoncé les trois mots mais son aveu était proche de ce qu'ils exprimaient. J'étais sous le choc, cet apollon était vraiment heureux d'être avec moi et il me voulait. Son désir était que je sois sa copine « officielle » pas celle de l'ombre. Mes yeux s'inondent. Je ne me souviens pas de la dernière fois où l'on m'a fait un tel compliment : sublime. Moi ?? En temps normal, j'aurais répondu par une boutade genre « il y a longtemps que tu n'as été chez l'ophtalmologiste ou pour les aveugles peut être » mais avec lui, je n'ai pas envie de rire. Son désir se lit dans son regard, et il m'aide à me reconstruire en me redonnant confiance. J'aime les sensations qu'il fait renaître en moi, j'aime sa façon de m'observer, de me toucher ; je crois qu'il faut se rendre à l'évidence.

JE L'AIME, et il me fait du bien.

Ce n'était pas prévu, je m'étais jurée que l'amour ce n'était plus pour moi mais il m'est tombé dessus. Dès l'instant où je l'ai vu dans cet avion, mon sauveur, j'ai su que je ne pourrais pas mettre de barrière entre nous. Constatant mon état de confusion, il essuya les larmes de mes joues avec un baiser tendre et doux comme pour me rassurer. Et il me serra fort dans ses bras. Tout en gardant un contact étroit, nous regagnons enfin la voiture. Plus tôt dans la journée, Simon m'a appris que notre hôtel était situé en dehors de la ville. Il a décidé de m'emmener dans une station balnéaire : la station touristique Duchesnay.

Après seulement quelques minutes de route, nous y sommes. Le gardien nous prie de laisser la voiture au parking. Le village est vert, seuls les vélos peuvent circuler. Simon prend notre unique bagage dans le coffre et je souris en repensant à ce matin quand nous avions fait le sac ensemble. N'ayant qu'une valise et mon sac à main, je lui avais demandé de m'en prêter un et sa réponse m'avait surprise.

— Mets tes affaires dans le mien.

Donc en parfait petit couple, nous avions mélangé nos vêtements ensemble. Une intimité s'était imposée naturellement entre nous.

L'accueil nous a remis la clef de notre cottage, c'est le numéro sept. Il est situé au fond du parc. Nous nous engouffrons dans la nature pour y accéder. Je m'arrête juste devant, c'est un magnifique chalet en bois, entouré d'arbres dont les feuilles offrent un dégradé de couleurs chaudes et derrière un lac. Quelle carte postale !!! Submergée par la splendeur du décor, je saute dans les bras de Simon pour l'embrasser, mais mon geste s'apparente davantage à un plaquage de rugby qu'à un câlin. Je me retrouve au sol à califourchon sur lui, nous éclatons de rire. Je finis quand même ce que je voulais faire au départ, je l'embrasse et me relève.

Nous pénétrons dans notre palace d'une nuit. Je fais le tour du propriétaire pendant qu'il dépose notre sac sur le lit. La décoration est typiquement montagnarde (bois, peau de bête, tête d'orignal empaillé). Le chalet n'est pas très grand, il n'est composé que d'une chambre, d'un coin salon et d'une spacieuse salle de bain avec une douche italienne. Sur le bureau, une note est adressée à Simon, elle lui stipule que la réservation au restaurant a bien été faite pour 19h30. Les heures ont défilés ce qui fait que mon temps de préparation est vraiment limité. Ma tenue pour ce soir est simple : une jupe en jean et un haut a froufrou, mais elle fera l'affaire.

Simon n'est plus dans la chambre lorsque je suis enfin prête. Mon regard observe pour le repérer assez vite sur le ponton. D'après ce que je vois on ne se lasse pas de cette beauté, car même lui est encore subjugué. A mon tour, j'en profite pour admirer la vue mais pas le même: sa silhouette de dos, accoudée à la rambarde, les fesses en arrière légèrement relevées. L'examen minutieux de son anatomie a dû être écourté pour nous laisser le temps de nous rendre au restaurant. L'isolement de notre chalet nécessite plusieurs minutes de marche pour rejoindre la civilisation. En m'approchant de lui, ses mots de la ruelle me hantent, et mon sentiment de confiance monte en flèche. La sensation d'être belle et désirable à ses yeux décuple mon courage. Mon corps se hisse derrière lui et il se colle à son dos. Mes mains glissent le long de sa taille pendant que mes lèvres caressent son cou. Nous nous retrouvons dans la même position que l'ascenseur avec les rôles inversés. Ma prise d'initiative me galvanise et il semblerait que cela lui fasse autant d'effet qu'à moi.

— Tu as réservé le restaurant, il faut qu'on y aille.

Sa réponse ne se fait pas attendre. Il m'enlace et m'embrasse passionnément. Son regard est rempli de promesses pour après.

Chapitre 19

Le dîner était délicieux, j'ai même pu manger une sorte de camembert, la française que je suis était aux anges. Pour revenir du restaurant, nous empruntons un énorme escalier en bois éclairé tout le long d'une guirlande. Je me suis pris l'espace d'une seconde pour Bébé dans Dirty Dancing.

Arrivés au cottage, nos corps sont déjà en quête. Nous nous dévorons du regard mais avant que la situation ne dégénère, ma main se pose sur son torse pour l'arrêter.

— Simon, j'aimerais bien prendre une douche avant…

Ma couleur pivoine m'empêche de finir ma phrase. La discussion sur nos désirs n'est pas celle qui me met le plus à l'aise. Il acquiesce et me laisse rejoindre la salle de bain.

La douche chauffe pendant que je me déshabille. Le contact de l'eau sur ma peau me délasse. J'appuie ma tête contre le mur afin d'orienter le jet sur ma nuque pour me détendre au maximum. Mes yeux sont fermés me laissant emporter par cette sensation de bien-être. Un léger courant d'air confirme que je ne suis plus seule. Il s'est faufilé derrière moi.

— Je peux me joindre à toi ??

Cette question est purement rhétorique bien-sûr puisqu'il est déjà nu contre moi. Suite à ce changement de plan, l'eau s'avère trop chaude pour mon corps, c'est pourquoi je la baisse de quelques degrés. La tiédeur limite les effets qu'il me fait.

Sa langue suit un chemin imaginaire de la base de ma nuque jusqu'au creux de mon oreille, en prenant soin d'écarter mes cheveux pour faciliter son accès. Ses doigts viennent à la rencontre de mes seins. Sa connaissance de mon corps est impressionnante, il sait comment le faire réagir de façon violente. En frottant son sexe dur contre moi, ses mains continuent leur exploration vers mon entrejambe. Je suis déjà au bord de l'orgasme quand il effleure mon clitoris, lentement mais d'un geste sur. Il le titille pour l'embraser davantage, mes jambes sont en coton. Heureusement il me soutient avec son corps tout entier, je suis prête à exploser. Mon anatomie l'a réclamé toute la journée et maintenant, je le sens un doigt puis deux dans ma chair humide. Je perds pied. Je m'enflamme, mon corps tressaute dans un dernier effort.

Son étreinte se resserre tout en m'embrassant délicatement le temps que je reprenne mes esprits. Ses attentions m'ont fait du bien mais lui est toujours sous tension. Une idée traverse mon esprit mais je rougis rien que d'y penser. Ma pudeur me l'interdit puisque ce genre de rapport découle d'une confiance entre les partenaires. Néanmoins, ma conscience m'ordonne d'oser. Cette initiative lui témoignerait mon besoin de le satisfaire aussi. Et puis, de toute façon où je serai, il ne verra pas mes joues cramoisies. Lui faisant face, je dépose un baiser sur ton torse, son sein droit puis le gauche. Mes doigts l'effleurent laissant sur leur sillage des frissons. Ma descente est lente au rythme de sa respiration. Elle est plus saccadée, plus dure que d'habitude. Aucune objection de sa part ne m'arrête dans mon élan. Son pubis à l'horizon et le résultat de mon travail s'offre à moi. Mon regain d'assurance est sans faille. Je le saisis dans mes mains caressant du bout des doigts son gland, et commençant un va et vient lent. Ses contractions s'accélèrent et je dépose un baiser timide à la base de sa verge puis un autre sur le gland. Puis un autre, puis un autre. Le sentant réagir à mes caresses, ma bouche l'enveloppe en le léchant délicatement, il gémit. Mes lèvres remontent de la base jusqu'à son gland pendant que ma langue procède à un massage plus minutieux de son extrémité. D'après sa façon de bouger ses hanches pour m'accompagner, j'en déduis qu'il était sur le point de jouir en moi. Ma gâterie s'accentue et il se laisse aller dans un dernier vagissement.

Notre relation a pris une tournure très intime depuis hier. M'habituer à être avec lui semble si facile et la vie est si simple à ses côtés. Notre douche n'a fait qu'exacerber mon désir. Mon orgasme me paraît déjà lointain et le besoin de l'avoir en moi, de combler ce vide que je ressens quand il ne me touche pas, est encore présent. Il me porte jusqu'à notre lit et me dépose doucement. Ses baisers repartent à la conquête de ma nuque transformant mes jambes en coton. Il descend au fur et mesure enflammant chaque centimètre carré de ma peau. Sa bouche atteint mon bas de ventre avant de se laisser glisser lentement vers mon clitoris. Il a trouvé le point le plus sensible de mon corps. Sa langue l'effleure doucement, puis il le happe une fois, deux fois... Les sensations sont trop violentes pour que mes yeux puissent rester ouverts. Ce massage m'a déjà emmené trop prêt de mon second orgasme. Mes bras l'attirent vers mon visage pour l'arrêter. En effet, j'ai envie de jouir avec lui en moi, je veux cette communion entre nos deux corps. Sans un mot, il comprend mon désir et l'accepte.

— J'ai oublié les préservatifs dans la salle de bains, s'excuse-t-il.

— Simon, je prends la pilule. Je n'ai pas eu de rapports depuis presqu'un an. Puis, ma dernière prise de sang était parfaite. Et je te fais confiance.

Mes révélations lui plaisent puisqu'il me pénètre sans attendre. Ce contact direct sans barrières, juste nous, est encore plus intense. Je le bascule sur le dos (comme quoi le self défense ne sert pas qu'à se défendre) et le chevauche. Avec son membre en moi, mon épanouissement est à son apogée. De plus, je suis pleinement consciente de ce que je provoque en lui. En prenant appui sur mes jambes, mon bassin se surélève lentement pour libérer son pénis avant de m'empaler dessus violemment. J'ai envie de le sentir profondément en moi. Ma nouvelle prise de conscience facilite mon observation sans rougir. Son visage exprime le désir. J'aime avoir ce contrôle sur lui, sentir que je peux mener sans être intimidée par sa beauté. Mais ce sentiment est de courte durée. Son côté bestial reprend le dessus et il m'entraine dans une position qui le laisse mener la danse. A genoux, mon dos repose sur son torse brûlant, il me pénètre à nouveau après avoir laissé une vague de froid m'envahir par ce vide. Ses mains se font plus actives, l'une sur ma poitrine et l'autre sur mon clitoris. Il continue ses ondulations en moi, ma respiration est saccadée. Ma jouissance semble proche et elle explose lorsqu'il me susurre à l'oreille « je t'aime ». Mon corps ne répond plus. Ces paroles nous ont entrainés tous les deux vers notre extase. Nous nous blottissons l'un contre l'autre. Je n'ai pas réussi à lui dire ce que je ressentais en retour mais il ne semble pas m'en tenir rigueur.

Une fois couchés, nous ne formons plus qu'un, nous sommes en symbiose et c'est enchevêtrés l'un avec l'autre que nous trouvons le sommeil rapidement et sereinement. Cette nuit a été la plus reposante depuis longtemps.

En me réveillant, je suis en pleine forme. Ma bonne humeur exige que je profite au maximum de mon amoureux pendant cette dernière journée avant de tout lui dire ce soir ou demain au plus tard. Nous quittons le village après un petit déjeuner copieux nous permettant de tenir jusqu'à notre retour à l'appartement ce soir. En effet, Simon prévoit un arrêt sur le trajet du retour puisqu'il veut partager avec moi son endroit préféré : les chutes de montmorency.

Sur place, pleins de bus de touristes occupent le parking. Il m'emmène le long d'un sentier. Le bruit de l'eau chutant de plusieurs mètres m'atteint avant que je ne la vois. Elles sont là au détour d'un chemin, une vraie force de la nature. Le site est facile d'accès puisqu'une passerelle est érigée au-dessus pour permettre aux visiteurs de le traverser. Simon me précède et monte dessus sans sourciller. Pour ma part, l'engagement sur le pont est plus lent et uniquement sur la pointe des pieds. L'écartement entre les lattes de bois offre une vue impressionnante sur le courant. Mes yeux sont rivés sur ce vide comme happés. La peur me tétanise avant qu'une main se pose sur mon dos pour me rassurer et m'aider à avancer en toute sécurité. Une fois de l'autre côté, je suis soulagée et excitée d'avoir vaincu mon vertige. Maintenant, la descente s'amorce grâce à un escalier géant sur la colline adjacent à la cascade offrant un point de vue panoramique à chaque pallier pour arriver au pied de celle-ci.

Le choc de ce spectacle me laisse sans voix lorsque nous reprenons le chemin de l'appartement. Ces deux jours, loin de Montréal, nous ont encore plus rapprochés. Il est aussi beau intérieurement qu'extérieurement. Il est le rêve de toutes les femmes. La panique de le perdre me consume, j'espère sincèrement qu'il acceptera mon passé.

Nous rallumons nos téléphones en ce dimanche soir, les sonneries s'enchainent entre le sien et le mien. Pour ma part, l'écran affiche un appel de ma mère, de nombreux de Marie et de Juliette. Pareil pour Simon, sa sœur et Christophe ont essayé de le contacter à plusieurs reprises mais sans laisser de messages.

Il décide de les appeler en rentrant et je valide sa décision même si je suis sûre que la bombe a déjà explosé....

Chapitre 20

Dans l'immeuble, Simon récupère son courrier dans le hall. Je reste en retrait car les lumières des flashes crépitent sur les vitres. Les vautours sont là. Mon intuition était la bonne, je vais devoir l'affronter. Ma nervosité augmente mais ma foi la fait taire car notre relation a pris une autre tournure ce weekend end et j'ai la conviction qu'il va me comprendre.

Nous nous blottissons l'un contre l'autre dans l'ascenseur, profitons de notre intimité, quand son téléphone sonne.

— C'est ma sœur, je réponds, m'annonce-t-il.
— Mmmh.

Aucun autre son ne sort de ma bouche. Les mots de sa sœur ne me parviennent pas, j'écoute donc attentivement ses réponses.

— Non, nous venons de rentrer….Je n'ai pas eu le temps de regarder mon courrier….ok je regarde dès que j'arrive.

Il raccroche et je n'ose pas m'attirer les foudres en demandant ce qu'il se passe. Sachant à deux cent pour cent que mon passé est revenu au galop mais de quel manière le scandale a pu éclater ? Des rumeurs ? Des témoignages ?...contre quoi je vais devoir me défendre.

Quand nous pénétrons dans l'appartement, Simon affiche toujours son sourire. Ma peur me force à le plaquer ardemment contre la porte, pour l'embrasser. A travers ce baiser, je lui demande pardon pour ce que je vais lui faire subir. De plus, ce dernier est plein de passion et de regret. Il nous laisse tous les deux inertes pendant quelques secondes. Puis, il s'excuse pour faire ce que sa sœur lui a demandé. L'attente de la tempête me paralyse. En fouillant dans son courrier, son attention se focalise sur le magazine hello canada et de loin, je reconnais la couverture : une photo de moi nue. Son regard si envoûtant se remplit de fureur, de dégoût et de honte avant de me confronter.

— Qu'est-ce que c'est que cette photo ? Tu en as fait exprès ? Tu ne m'avais pas dit que tu étais journaliste ? Est-ce que tu t'es servie de moi pour ta carrière ? En fait, tu ne vaux pas mieux que toutes les agaces-pissettes qui me tournent autour.

La déception se lisait sur son visage, il n'arrivait même pas à me regarder dans les yeux. Son absence d'attention me déchira le cœur.

— Ce n'est pas ce que tu crois, lui dis-je en m'approchant de lui.

Toutes ses interrogations méritaient des réponses de ma part mais il me repousse et se referme. Plus aucune discussion n'était possible. Son portable résonne et le sauve de cette situation.

— C'est mon parti, il faut que je réponde.

Il s'enferme dans sa chambre. La solitude me submerge. Un panel d'émotions, trop familier, m'inonde : trahison, peur, inquiétude, douleur... Pendant son absence, j'en profite pour regarder le journal, c'est bien moi allongée sur mon lit nue et le titre « La nouvelle blonde de notre futur ministre se livre à nue ».comment ont-ils pu avoir ses photos ?

Simon sort de l'autre pièce et se place devant moi. C'est la première fois que je vois son visage aussi fermé et son regard vide, aucune lueur...

— Simon, s'il te plait, écoute moi je vais t'expliquer, le suppliai-je.
— Pas la peine. Je vais être nommé ministre dans deux jours et je ne veux pas d'une femme comme toi à mes côtés. Tu n'as pas l'étoffe d'une femme du monde. Je dois partir mais quand je reviens, je veux que tu aies quitté mon logement.

Sur ces mots, il disparaît de son appartement et m'abandonne complètement anéantie. Ces dernières paroles résonnaient en écho dans ma tête, je les avais déjà entendues.

La rancœur envers lui est la plus douloureuse à digérer puisqu'il ne m'a même pas laissé le bénéfice du doute. Certes, les photos sont sans équivoque mais comment peut-il me juger aussi rapidement et durement après ce que nous venons de vivre ?

Je décide de lui écrire une lettre, je ne veux pas rester sur ce chaos. J'ai besoin que la vérité soit rétablie à ses yeux.

Cher Simon,

Je t'écris ce courrier car tu n'as pas voulu m'écouter espérons qu'au moins tu me liras.

Je voulais tout d'abord m'excuser de ne pas t'avoir parlé de ses photos, mais je ne m'excuserai certainement pas pour leur existence. Cela fait bien trop longtemps que je suis la coupable alors que je ne suis que la victime dans cette histoire. Si tu avais été observateur, tu aurais dû remarquer que je dormais sur les clichés. Elles ont donc été prises à mon insu.

Pour ma défense, vendredi matin après le départ de ton ex, j'ai voulu tout avouer mais tu m'as arrêté dans mon élan en m'embrassant.

Pour que tu comprennes mes choix qu'ils soient bons ou mauvais je vais devoir commencer par le début :

Je m'appelle Alexe, j'habite un petit village en France. Tout le monde grandit ensemble, se connait et c'est tout naturellement que je suis tombée amoureuse d'un de mes voisins vers l'âge de vingt ans. Lui était mon aîné de sept ans, comme toi il aspirait à une carrière politique. Il avait une carrure imposante, il savait attirer les regards sur lui et charmé son public, un politicien en herbe !!!!

Cela faisait cinq ans qu'on était en couple, on s'entendait très bien du moins c'est ce que je croyais. Un jour, il m'a invitée pour m'annoncer que sa carrière nécessitait une femme plus sophistiquée, « une femme du monde » et que je ne rentrais pas dans le moule alors il allait se marier avec la fille d'un député. Mais il voulait me garder auprès de lui car soi-disant il m'aimait. Au début, j'ai refusé de passer du statut de petite amie à maitresse, mais cet homme m'attirait, je n'arrivais pas à résister. Il a été mon seul petit ami. Il était envoûtant.

Alors je suis devenue la maitresse, celle qu'on cache, qu'on ne sort que pour baiser, il ne me regardait pas. Je n'étais que son trophée personnel. Au fur et à mesure du temps, j'avais envie de plus et je voulais le quitter. Mais il se montrait méchant et menaçant envers ma famille, ma carrière et même ma personne. C'est pourquoi j'ai commencé le self défense.

Je me sentais en danger.

Il avait des moyens de pression sur moi puisque ma carrière avait décollé, je commençais à écrire pour un journal national hebdomadaire. Je n'arrivais pas à me sortir de son influence. Que faire contre des gens comme ça ? Les combattre mais comment ? C'est eux qui ont le pouvoir donc j'ai

155

cédé une fois, deux fois mais la troisième, mon courage a été plus fort et je l'ai quitté.

J'étais soulagée et fière mais ce fut de courte durée puisque le lendemain, j'ai eu la surprise de voir ces photos de moi nue dans les journaux locaux, sur des profils Facebook. Je les voyais circuler. Je ne supportais plus mon corps depuis ce jour. Le fait qu'il est dévoilé mon intimidé m'a détruite. Il avait prémédité son geste, il devait sentir que j'allais le quitter car nous n'avions pas couché ensemble depuis plusieurs mois quand j'ai mis fin à notre relation.

La publication de ces photos a été le début de ma fin, mon employeur m'a remerciée, et je n'ai pas réussi à en retrouver un autre du moins pas en tant que journaliste. Il m'avait en plus court-circuitée avec tous les journaux locaux. Les rumeurs ont commencé à voyager sur ma relation avec cet homme, les regards en coin, la conversation qui s'arrête quand on rentre, je n'en pouvais plus. Je devenais paranoïaque, je me faisais insulter d'allumeuse, pute,...

J'étais sûre de moi avant cette histoire du moins je savais ma valeur. Mais les évènements s'enchainant, je ne maîtrisais plus rien. Tout le monde avait quelque chose à dire sur ma vie alors qu'il ne me connaissait même pas. J'en suis même arrivée à rester enfermée chez moi pendant deux mois. Seule ma mère venait m'apporter à manger. Mais la veille de notre rencontre, j'avais besoin d'évasion, d'espace...j'étouffais

...j'avais envie de me fondre dans la masse. C'est pourquoi je suis partie précipitamment pour le Canada et après la suite tu la connais. Néanmoins, je vais quand même te raconter ma version.

Dans l'avion, un vieil homme dégoûtant me regardait comme mon ex ce qui me mettait mal à l'aise mais un bel apollon est venu me sauver de ses griffes. On a appris à se connaître pendant le vol, et il me regardait avec une lueur de désir. Après des mois de descente en enfer, je me sentais revenir à la vie grâce à lui. A cause d'un souci de logement, il me proposa de m'héberger, j'étais si heureuse de le revoir mais je savais que je devais lui parler de mon passé. Mais comment et à quel moment ?

J'avoue que j'ai été lâche. Je n'ai pas trouvé le moment idéal car je crois qu'il n'y en avait pas et encore moins quand il m'a appris sa future carrière politique. Comme quoi mon genre d'hommes ne change pas. Mais j'avoue, j'ai eu des doutes, je voulais partir loin de lui. Je ne voulais pas replonger dans cette horreur. En plus, il avait été clair sur nos relations rien ne devait se savoir, j'avais comme un goût amer de déjà-vu. J'étais redevenue la femme qu'on cache, dont on a honte. Cependant, j'étais bien avec lui, je me rouvrais au monde. Il aimait me mettre mal à l'aise. En même temps vu l'image déplorable que j'avais de moi, ce n'était pas compliqué. Il suffisait juste qu'il me regarde et je me demandais pourquoi moi ? Il était si beau que je ne comprenais pas ce qui pouvait l'attirer en moi. Mais notre relation a évolué et j'ai réussi à reprendre un peu confiance en moi et à le laisser pénétrer mon cœur.

Ce bel apollon c'était toi, si doux, prévenant et compréhensif jusqu'à ce soir où tu es devenu froid, et renfermé mais comme quoi je suis toujours attiré par le même genre d'homme.

Ce weekend end a été magique, je n'ai pas été aussi heureuse depuis longtemps. Je ne me suis même jamais sentie aussi proche de quelqu'un comme je l'ai été de toi.

Pour répondre à une tes questions, non je ne me suis pas servie de toi pour ma carrière. Si tu avais été moins réfractaire à mes explications, tu aurais pu t'en apercevoir. Comment veux-tu que des photos de moi nue fassent avancer ma carrière ? Ah si peut être dans les films de charme mais en tout cas, j'ai perdu toute crédibilité pour être journaliste que ce soit chez moi ou chez toi. Et d'ailleurs juste pour information, l'article en France avait le même intitulé que celui du Canada aujourd'hui sauf que le nom de l'homme est le tien cette fois ci. Coïncidence ? Je ne crois pas

J'espère sincèrement que mon passé n'entachera pas ta nomination. Et je te souhaite de trouver « ta femme du monde » car tu es vraiment un homme adorable comme il en existe peu. Tu es une espèce en voie de disparition.

Pour ma part, je vais rentrer en France et reprendre ma
vie en main car tu as eu cet effet là sur moi et je t'en remercie.
Je vais me battre pour récupérer tout ce que j'ai perdu ses
derniers mois : amis, travail, et surtout le plus important mon
estime.

Je t'aime

Alexe.

En une semaine, ce n'est que la troisième fois que je fais ma valise. Cependant cette fois-ci, j'ai du mal comme si je rangeais dedans tous les morceaux de mon cœur éparpillé sur le sol. Le pressentiment, que cela arriverait, ne me quittait pas mais je pensais sincèrement qu'il comprendrait mon silence. Espérant même au plus profond de moi qu'il prendrait ma défense contre mon ex. Mais non c'était utopique de ma part car à la place, il a été méchant et a pris la fuite. Ce qui en y pensant, est à mourir de rire, si je n'étais pas aussi mal. C'est lui qui a fait la seul chose que je fais depuis des mois : FUIR.

La lettre gît sur son oreiller dans la chambre. Elle n'a pas pour but qu'il me retienne. Le mal est fait, mais j'ai besoin qu'il comprenne ce que je ressens et surtout que je ne suis pas la menteuse qu'il croit. D'ailleurs, je ne lui ai jamais menti, j'ai juste omis de dire la vérité.

La volonté d'être seulement moi sans me justifier de mon passé erroné de p... explique mon silence.

Mon regard admire une dernière fois l'appartement et les photos de Simon, comme pour les enregistrer mentalement. Puis la porte se referme et je quitte ce rêve. Dur retour à la réalité

Chapitre 21

Le message de Marie dans l'après-midi m'a prévenu de son retour à Montréal. Je décide d'aller chez elle en espérant qu'elle acceptera de m'héberger de nouveau au moins le temps que le brouillard s'évacue de mon esprit et que je reparte en France.

L'entrain m'a quitté sur le chemin inverse de mardi dernier. La ville est moins accueillante d'un seul coup, j'ai l'impression que les gens autour de moi me dévisagent. Mais oui avec ma douleur, j'ai oublié qu'ici aussi, je suis une trainée qui pose nue. La leçon que j'ai tiré de cet expérience, c'est qu'on ne peut pas empêcher les personnes de parler ni même de critiquer. L'ignorance est ma seule arme.

Mon corps s'est traîné jusqu'à chez Marie. J'ai suivi mon instinct de survie. Quand elle m'ouvre la porte, je suis en pleurs. Les larmes que j'avais essayés de contenir, histoire de ne pas donner de la matière au public, jaillissent. Son regard compatissant et doux confirme qu'elle a vu les images. Elle me prend dans ses bras en me guidant vers son canapé. Elle me console, ma tête sur son épaule. Elle ne parle pas et moi non plus. Marie sent que j'ai besoin de lâcher toute cette pression donc elle me laisse faire, tout en étant présente à mes côtés pour me rassurer. Quand je prends conscience que c'est cette réaction que j'aurais aimé de la part de Simon, mes sanglots deviennent plus virulents, m'empêchant de reprendre ma respiration. J'étouffe, je manque d'air. Ma poitrine est écrasée par un poids immense me coupant le souffle.

Le temps me parut interminable, je ne sais pas combien de temps mon corps s'est délesté de tout son eau. Mes yeux me brûlent mais plus rien n'en sort, je suis vide…mon organisme s'est recroquevillé dans ses derniers retranchements. Je suis davantage près du coma que de la vie. Dans un ultime effort, j'ai mis en route le générateur de secours me permettant seulement d'embrasser et de remercier mon hôte avant de m'endormir épuisée.

Quand je me réveille, le soleil tente de me réchauffer le corps mais j'ai si froid. Marie doit encore dormir. Je tends l'oreille, aucun bruit. Je décide d'aller me rafraichir le visage car je suis encore engourdie et anesthésiée par mes pleurs. Je me faufile dans la salle de bain et quelle horreur ! Mon visage est complètement bouffi, la crise d'hier a laissé des traces. Mon mascara a coulé partout sur mes pommettes. Mes yeux sont rouges, je peux y voir pleins de petits vaisseaux qui ont éclaté. Ma peau est tachetée. Et le constat est brutal. J'ai beau être dans la salle de bain de Marie, c'est comme si j'avais fait un bond en arrière et je me retrouve de nouveau chez moi après avoir découvert les photos, pour la première fois. Mais l'instant présent est pire puisqu'à l'époque je n'avais qu'un sentiment, qui prédominait la trahison, car mes sentiments pour cet homme étaient inexistants. Mais aujourd'hui, je me sens abandonnée, perdue. J'avais enfin trouvé une Etoile qui me donnait l'impression de briller autant qu'elle mais maintenant je ne suis plus rien.

Mon lit m'appelle. Mon cerveau est ébullition. Mes pensées sont focalisées sur Simon. A-t-il lu ma lettre ? L'écran de mon portable n'affiche aucun message… Mon espérance est douloureuse car ses paroles ont été claires voire limpides. Il veut que je sorte de sa vie.

Ma journée et ma nuit suivante se ressemblent. Marie est très compréhensive, elle n'aborde même pas le sujet. Elle essaye de me distraire en me proposant d'aller au cinéma, me préparant à manger, ….mais je n'ai envie de rien. Je suis dans un état végétatif, mon parcours du combattant est de rallier la chambre aux pièces communes. J'essaye quand même de faire des efforts pour discuter avec Marie de sa vie car c'est un amour et je me sens coupable d'être un légume chez elle.

En milieu de semaine, je m'installe à côté d'elle sur le sofa. Elle regarde les informations. En sentant ma présence, son visage se décompose et elle cherche la télécommande pour changer de chaine mais trop tard, je l'ai vu. Simon. Sa conférence de presse était en directe pour annoncer aux montréalais qu'il était leur nouveau ministre. C'est très officiel comme présentation. Il porte un costume noir simple mais élégant,

163

chemise blanche et toujours sa cravate verte. Il ressemble tant à mon Simon mais quelque chose le différencie : son regard. Il est absent et vide. Il arbore pourtant un sourire mais pas sincère, loin de celui dont il me gratifiait, il y a quelques jours. Tous les journalistes ont été conviés à l'évènement. Mes yeux scrutent l'écran pour voir les invités, la caméra fait un zoom sur la tribune familiale d'après la voix off. Je reconnais Juliette et son mari, Christophe, ses parents que j'ai vus en photo et ….Lucy. Un poignard avec une lame bien aiguisée pénètre dans ce qui pouvait rester de mon cœur. Comment ai-je pu me faire autant d'idées ? Pour lui aussi, je n'étais qu'un jouet. Sous l'impulsion et l'énervement, je prends mon téléphone et surfe sur le site d'Air France.

— Ca y est, j'ai réservé mon billet retour.

— Déjà ? Pourquoi ? Tu peux rester encore un peu.

— Non vendredi je rentre chez moi. Je n'ai plus envie de rester ici. Mais ne t'inquiètes pas on garde contact et la prochaine fois c'est toi qui viens me voir en France, la rassurai-je.

A ma proposition ses yeux pétillent. Son désir de voyager surplombe la tristesse de me voir partir. J'ai apprécié mon séjour chez elle. Ma décision étant prise, je l'annonce à ma mère par message.

Moi : Bonjour maman, je me suis bien amusée mais j'ai décidé de rentrer en fin de semaine. Je prends l'avion vendredi matin tôt donc j'arrive à Paris vers vingt heures. Bisous.

Pour une fois sa réponse est rapide, rare chez ma mère. D'habitude, il faut lui laisser le temps d'écrire, c'est l'ancienne génération.

Ma mère : Géniale, je suis contente. Je viendrai te chercher à Roissy. Profites de ta fin de séjour. Bisous

Si elle savait à quoi se résume ma vie en ce moment, je crois qu'elle me mettrait un bon coup de pied au derrière. Mais son absence me laisse m'enfoncer encore plus dans la déprime.

En feuilletant mon téléphone, un message de Juliette s'affiche. Celui-ci date de lundi soir. Mon état ne me permettait pas d'y répondre.

Juliette : Hi Alexe, je voulais savoir comment tu allais, tu es encore au Canada ? Et je voulais te dire que Simon n'est pas bien non plus. Ce serait bien de vous voir. Bien sûr, il ne sait pas que je t'écris. Kiss.

165

Moi : Désolé de ne pas t'avoir répondu, je vais bien, du moins autant que je peux. Non, je ne suis pas encore rentrée mais le départ est imminent, je pars vendredi. J'ai vu Simon à la télévision ce soir, il a l'air d'aller bien accompagné de Lucy. Dimanche soir, il a été très clair sur son désir de me voir quitter sa vie. En tout cas, j'ai été ravie de te rencontrer en vrai et espère avoir de tes nouvelles rapidement. Bisous

Juliette : Moi aussi, je suis ravie après toutes ses années, tu pars à quelle heure vendredi ?

Moi : Le vol est à 6h55. Bisous.

La date du retour fixée, un soulagement m'accapare car au moins en France, ma famille m'attend. Plus qu'une journée à tenir, à souffrir d'être aussi prête de lui mais tellement éloignée en même temps. Je décide de faire un effort pour ma dernière soirée avec Marie, elle a pris son après-midi. Je lui propose d'aller au cinéma puis de manger au restaurant. Elle semble heureuse de passer ce moment avec moi, j'essaie de me réjouir aussi mais c'est dur. Je fais quand même bonne figure, en souriant occasionnellement.

Une fois, au cinéma, je la laisse choisir le film en espérant juste que je vais comprendre si c'est un film local. Elle opte pour un film d'action, ce qui me convient très bien. Pas d'amour, pas besoin de réfléchir aux relations entre les personnages, juste des pistolets, des courses poursuites et des morts, pleins de morts....

Après deux heures, dans le noir, le soleil est encore bien présent, et il m'éblouit. Mes yeux ont du mal à se réhabituer à cette lumière lorsqu'une main caresse mon épaule.

— Alexe, salut, tu vas bien ?
— Christophe, salut.

Derrière moi, Marie vacille. Elle l'a reconnu et sa réaction me fait presque rire. Il la salue en l'embrassant sur la joue. Je le soupçonne de faire durer son étreinte juste pour satisfaire son égo en constatant l'effet qu'il lui fait.

— Ça va, je me fais une soirée entre fille avant de rentrer chez moi, articulai-je.
— Tu repars en France ?
— Oui demain.

Une pointe de gêne s'installe, il a dû certainement voir mes photos comme tous les montréalais adeptes de la presse people. J'espère juste qu'il n'est pas en train de se les remémorer en ce moment. Les mots me manquent car j'ignore ce qu'il sait. Est-ce que Simon lui a raconté le contenu de ma lettre ? Je finis par mettre fin à ce malaise.

— Désolée mais il faut qu'on y aille, nous avons réservé le restaurant, bonne soirée, à plus.

— Ok, bon courage à toi.

Sa dernière remarque m'intrigue, est-ce sa façon à lui de me soutenir ?

Nous nous dirigeons vers un restaurant français, j'ai besoin de fromage. Marie m'a dégoté un petit endroit qui sert des spécialités fromagères : raclette, fondue, tartiflette...c'est la première fois, depuis des jours, que quelque chose me ravit. Et puis, je me dis quoi de plus normal que de manger une raclette en septembre au Canada avec vingt-trois degré dehors. La nourriture me calme, je me sens pleine après le repas. Elle comble le vide qui m'a englouti depuis dimanche. Nous rentrons à pied pour digérer un peu tout en bavardant. Mes remerciements fusent. Elle est l'hôte la plus généreuse que je connaisse. Elle m'a tellement apporté et sans rien demander en retour : l'hospitalité à la québécoise d'après elle. Nos au revoir se déroulent avant le coucher puisque mon départ pour l'aéroport est prévu très tôt le lendemain. Ses larmes coulent sur ses joues, mais pas les miennes. Mes yeux sont à sec pire que le désert de Gobi...Mes bras la serrent fort et notre étreinte se finit sur des promesses.

Et voilà, l'heure du coucher arrive, ma valise est bouclée. En même temps, je n'ai pas eu le courage de la redéfaire en partant de chez Simon, je l'avais laissée ouverte au pied du lit me servant directement dedans. Le sommeil me gagne et me projette dans le rêve que j'ai vécu la semaine dernière.

168

Chapitre 22

Allongée sur la peau de bête, je peux voir le lac à travers la fenêtre. Le soleil se lève doucement, laissant ses rayons inondés la pièce. Les arbres ondulent, les feuilles flottent dans le vent. Une main me caresse le dos, les épaules. Je suis blottie contre Simon. Il est torse nu, mes doigts effleurent sa peau si douce. Nos respirations sont lentes et harmonieuses. Nous sommes heureux, contents de s'être trouvés. Il s'apprête à dire les trois mots que je rêve d'entendre dans sa bouche mais un bip, strident et continu l'interrompt. Un peu énervée, je cherche mon téléphone mais non c'est mon réveil.

Ce n'était qu'un songe, tellement réel il y a quelques jours. La réalité me frappe de pleins fouets, je me prépare en silence pour éviter de réveiller Marie.

Sur le départ, j'ai opté pour un taxi, je n'ai pas envie de prendre le métro à cette heure si matinale. Le trajet en voiture me parut si court, j'essaye d'engloutir tous les souvenirs que je peux, en me disant ce qui est pris n'est pas perdu. Et voilà, le retour à la case départ, retour dans ma vie, techniquement je suis à sept heures des retrouvailles avec mon ancienne vie.

La fuite n'a duré que deux semaines mais je ne suis plus la même. Je me sens différente. Quand je suis arrivée à Roissy, un sentiment de liberté m'avait permis de respirer à nouveau, la boule de feu avait cessé de me consumer. Mais depuis dimanche, elle est revenue et est encore plus pressante aujourd'hui. J'ai la sensation d'avoir perdu mon cœur mais d'avoir gagné ma confiance. Je n'excuse pas la réaction de Simon et son rejet. Je lui en veux. Son abandon me fait souffrir alors que je venais juste de m'ouvrir mais je le comprends. Il a déjà souffert en amour et ce scandale l'a dépassé.

Les prochaines semaines ou même mois seront durs : arrêter de penser à lui, à notre complicité, sevrer mon corps de ses caresses, de ses baisers... mais ma fuite cette fois-ci ne sera pas géographique mais mentale. Je vais me lancer corps et âme dans ma carrière. Tenter ma chance dans l'écriture d'un livre. Mon ex a réussi à briser en éclat ce que j'avais eu tant de mal à bâtir. Je vais me battre pour réussir professionnellement rien que la satisfaction de rétablir la vérité. Je ne suis pas une traînée, juste une femme abusée psychologiquement par un homme de pouvoir.

Pendant l'attente dans la salle d'embarquement, je me suis installée au fond dans un coin sombre. Ma paranoïa réapparait, mais je suis rassurée en constatant la désertification des lieux. Les personnes présentes sont encore embrouillées par leur sommeil. L'hôtesse appelle les derniers passagers à embarquer. Mes pieds foulent à nouveau la passerelle d'accès à l'avion. Le personnel de bord m'accueille gentiment, en me

170

montrant mon siège. Mon placement est presque identique à l'aller mais sans Paul et sans Simon en première classe.

Une dame est déjà installée côté couloir. Elle est souriante.

— Bonjour mademoiselle.

— Bonjour madame.

Elle est un peu nerveuse par le décollage mais je la rassure en lui disant que c'est rapide.

Les portes se ferment, l'avion prend la direction du tarmac. Je vois au loin une limousine et mon cœur se serre. Mes yeux sont redevenus humides, mes larmes s'étaient régénérées. J'aurais tant aimé plus, que les choses ne se finissent pas comme cela. L'avion monte dans le ciel, et je jette un dernier coup d'œil en me disant :

« Au revoir Juliette, au revoir Marie, adieu Montréal, adieu Simon »

A cette dernière pensée, mes joues s'inondent, je continue de fixer le hublot pour ne pas effrayer ma voisine et surtout me remémorer tous mes souvenirs. C'est tout ce qu'il me reste de lui. Quand je sors de mes pensées, nous sommes déjà à l'altitude de croisière et je ne vois plus rien, que des nuages et l'Atlantique.

Une hôtesse s'arrête devant notre rangée,

— Mademoiselle, bonjour, vous vous êtes trompée de siège. Veuillez me suivre s'il vous plaît, m'informe-t-elle.

— Excusez-moi, c'est une de vos collègues qui m'a placée.

Ne voulant pas attirer l'attention sur moi, car je ne suis pas sûre de ma tête actuellement, je me lève, récupère mes affaires .En même temps, je n'ai que mon sac à main puisque je n'ai même pas eu le courage d'affronter le regard du commerçant pour acheter un magazine people pour le retour. De plus, je n'avais pas envie de me voir en couverture.

Je la suis, elle me fait traverser tout l'avion pour arriver dans le petit espace devant les toilettes, celui où il y a le rideau, le fameux rideau, je ne comprends plus ce qu'il passe.

— Après vous, mademoiselle.

Elle le tire et me fait signe de pénétrer dans la première classe,….J'avance, mais je remarque qu'elle n'est pas derrière moi. Je suis complètement perdue. En plus, cette partie de l'avion est vide, elle a dû se tromper, me prendre pour quelqu'un d'autre.

Mais non, je n'en reviens pas, il l'a fait. Mes jambes flageolent m'obligeant à m'asseoir sur le premier siège que je trouve.

Simon est devant moi, je n'en reviens pas. C'était sa limousine tout à l'heure. Il s'approche puis s'installe sur la banquette devant moi. Du bout de ses doigts, il effleure mon visage en refreinant ses envies. Son toucher est doux et timide. Mes émotions bonnes ou mauvaises implosent dans mon cœur. Des tremblements secouent mon corps. D'être si près de lui, me fait prendre conscience que je lui en veux, je lui en veux de m'avoir fui alors que je l'aime, de m'avoir jugée alors que j'avais besoin de lui. Je me ressaisis, me redressant sur le fauteuil pour mettre de la distance entre nous.

— Monsieur le ministre,

Ma réaction le surprend. Elle l'a déstabilisé voire même blessé. Son regard se voile.

— Je suis désolé Alexe, je n'aurais pas dû avoir une réaction aussi excessive.

J'ai passé la semaine la plus horrible de mon existence, j'avais l'impression d'être perdu dans ma propre vie. Sans toi, je n'ai pas envie de rire, de sourire, veux-tu bien me pardonner ??

— Et ton image ? tu oublies que je ne suis pas une «femme du monde».

— Je m'en veux tellement de t'avoir dit ses mots. C'est vrai que tu n'es pas une femme du monde car tu es « la femme de mon monde » et je veux que tu le restes. Je t'aime.

Des larmes coulent sur ses joues accompagnées par les miennes. Combien de fois j'ai rêvé de cette situation au cours de la dernière semaine ? Je ne calcule même plus.

Mon corps l'appelle et le réclame. Je m'assois sur ses genoux avant de poser mes lèvres sur les siennes. Mon corps a sa dose de Simon, fini l'état de manque.

— Je t'aime aussi mais avant il faut que j'aille régler mes problèmes en France, il est temps, tu ne crois pas?

— Oui ma petite française.

Le baiser, que nous échangeons, est une promesse d'un avenir ensemble. Notre futur sera simple et complice à l'image de notre début de relation. Elle s'est installée naturellement comme si nous étions destinés à être ensemble.

Epilogue

Trois cent soixante-cinq jours, cela fait trois cent soixante-cinq jours que ma vie a basculé. Je me terrais dans un monde froid pensant même que la vie ne valait pas la peine d'être vécue. J'avais été trahie, éhonté, abandonnée, rejetée. Mais mon existence a changé quand je l'ai rencontré dans l'avion. Je remercie mes anges de m'avoir mis un coup de pied aux fesses et décidé à prendre cet avion pour le Canada, pas un autre celui-là. Je les remercie même de m'avoir mis Paul sur mon chemin sinon l'histoire aurait été différente et je ne serais pas là où j'en suis aujourd'hui.

Aujourd'hui, je viens de dire oui à la demande de mariage de l'homme que j'aime. Nous sommes tellement complices. C'est mon ami, mon amant, mon partenaire, c'est mon tout. Je ne sais même plus comment j'ai pu vivre sans lui, peut être que je survivais seulement en l'attendant.

Cependant après nos retrouvailles dans l'avion, organisées grâce à Juliette, nous avons été séparés un mois, pour que je puisse tout régler en France : rendre mon appartement, ma demande de visa, et mon livre. Cette période était horrible et magique à la fois. Nous parlions des heures au téléphone. Cette relation à distance a renforcé davantage notre amour et notre désir.

Quand il est venu me chercher à l'aéroport, les retrouvailles ont été magiques mais à peine le temps de les consommer qu'il avait organisé une conférence de presse. Il m'emmena avec lui et m'a officiellement présentée comme sa blonde. Il a annoncé que son cabinet et lui étaient en train de préparer une loi contre le cyber harcèlement disant que personne ne devait dénigrer l'intégrité d'une autre sur le web avec des photos compromettantes. J'étais sous le choc c'était vraiment un homme du monde. Il veut protéger ses concitoyens et maintenant moi. Je lui suis si reconnaissante de m'avoir soutenue, il m'a aidée à mettre en marche la machine judiciaire en France à l'encontre de mon ex. Et j'ai gagné, il a été puni par la loi, et il a même dû abandonner son siège d'homme politique. Et cerise sur le gâteau sa femme l'a quitté, comme quoi une femme du monde ce n'est plus ce que c'était.

J'aime croire que chacun récolte ce qu'il sème, et qu'un jour, tous obtiennent le revers de la médaille.

Pour ma part, je crois que mes mauvais choix sont derrière moi, j'ai publié mon livre. J'ai immigré à Montréal, je suis fiancée avec mon Apollon et j'ai deux meilleures amies Marie et Juliette. Ma vie est revenue sur les rails grâce à lui et au simple fait qu'il croit en moi. L'amour vous fait déplacer des montagnes.

Rencontre dans l'avion vu par Simon

Je suis fatigué par toutes ces conférences de presse pour ma future nomination de ministre.

Je suis enfin dans l'avion qui me ramène chez moi à Montréal, je vais pouvoir en profiter pour me reposer et rendre visite à ma sœur. Heureusement, je suis en première classe c'est la partie la plus calme. Néanmoins, l'hôtesse me fixe depuis le décollage, je crois qu'elle m'a reconnu. Encore une qui est intéressée par mon prestige.

Je me lève pour aller au toilette mais je m'arrête devant le rideau, je tends l'oreille. Une conversation attire mon attention : la voix d'une femme, son intonation est peu sûre tandis que l'homme s'exprime de façon distincte et même un peu pressante. D'après ce que j'ai compris, il lui demande où est son ami. Le ton de cet homme me déplaît, je passe de l'autre côté. Je les vois, elle est de taille moyenne pour une femme. Son corps est sublime, ni mince ni gros. Mon regard est attiré par la courbure de ses hanches. Je reprends mes esprits car il semblerait qu'elle ait besoin d'aide. Je prends mon courage à deux mains et m'avance vers eux. Mon bras s'installe autour de sa taille, et je m'adresse à lui.

— Bonjour, je m'appelle Simon, je suis son petit ami et vous ?

L'homme ne prend même pas la peine de me répondre avant de retourner à son siège. Mon regard noir a suffi à lui faire comprendre que son petit jeu avec cette jeune femme était fini. Nous sommes seuls tous les deux, l'inconnue semble confuse et perdue. Je sais que je ne la connais pas mais je ressens le besoin de prendre soin d'elle.

— Merci beaucoup, il était vraiment entreprenant et je n'arrivais pas à m'en débarrasser.

— De rien, je vous ai entendu et je n'ai pu m'empêcher d'intervenir, excusez-moi pour la main sur la taille.

Je m'excuse uniquement pour la forme car je ne suis pas désolé. J'ai adoré toucher son corps et je l'ai senti réagir sous ma caresse, elle a frissonné. Mais pas le temps de me satisfaire de mon effet sur elle que je remarque que son regard s'est voilé, quelque chose a l'air de lui faire peur.

— Ça ne va pas ?

— Oui et non, je suis assise à côté de lui et je n'ai vraiment pas envie d'y retourner.

Je la laisse finir mais je ne veux pas qu'elle y retourne non plus. Cet homme dégage quelque chose de malsain et sa fragilité est visible. Je ne veux pas qu'elle subisse sa présence pendant tout le reste du vol.

Je lui tourne le dos et me redirige dans la première classe afin de demander l'autorisation à l'hôtesse avant de ramener l'inconnue avec moi. Tous les sièges ne sont pas occupés et au pire, il y a une banquette en face de mon fauteuil. Elle acquiesce donc je rejoins la jeune femme. Lorsque je repasse le rideau, elle est de dos. Elle reprend son calme avant d'y retourner, c'est pourquoi je lui attrape le poignet pour lui faire voir que je suis revenu.

— Où vas-tu ? J'ai une place de libre à côté de moi si tu veux ?
— Mais c'est la première classe, je ne veux pas vous déranger ?
— Ça fait plaisir, j'ai déjà demandé à l'hôtesse et elle a confirmé que c'était d'accord.

Elle me saute dans les bras, cet élan me surprend. Je n'ai pas eu de contact avec une femme depuis Lucy. Elle m'a quitté deux fois donc j'ai mis mes rapports personnels de côté pour privilégier ma carrière. Mais l'étreinte, qui n'a duré que quelques secondes, a réveillé mes sensations, et son regard sur moi me donne l'impression d'être superman. Elle rougit et est gênée par ma réaction. Elle se dirige vers son ancien voisin, certainement pour récupérer ses affaires. Mon envie de la protéger m'oblige à la suivre. Ma main se pose sur son dos, pour la rassurer mais

179

aussi pour ressentir à nouveau ses frissons et les miens. Je jette un dernier regard noir à l'autre homme et nous nous dirigeons vers la première classe.

Je rentre avant elle pour lui laisser le temps d'observer autour d'elle. Son regard brille par son émerveillement comme une enfant devant le sapin de noël. C'est amusant d'être spectateur de cette situation. Elle est vraiment naturelle, rien avoir avec toutes les autres qui me gravitent autour. Elle ne semble pas me connaître et c'est ce que j'apprécie le plus. Elle n'a pas l'air du genre à me brosser dans le sens du poil.

Je l'invite à venir me rejoindre en lui désignant le siège en face de moi. Je vais prendre la banquette puisque son épuisement est plus visible que le mien. Son malaise dans cet environnement est palpable. Et ce silence n'arrange rien.

— Je ne me suis pas présenté directement à toi. Je m'appelle Simon Hatelin.

— Enchantée, moi c'est Alexe.

Avec mon futur métier, j'ai appris à cerner les gens, mais elle me déroute Elle me surprend pour la deuxième fois en me tendant la main, alors que tout à l'heure elle me sautait dans les bras. Je crois qu'elle-même est confuse sur la conduite à tenir entre nous. Ma main saisit la sienne et la porte à ma bouche pour la baiser. J'adore l'effet qu'elle me prodigue, cette sensation de bien-être rien que de la sentir près de moi.

Après le malaise passé, nous discutons surtout des banalités car elle n'a pas envie de me parler de sa vie et moi non plus. Je n'ai pas envie que son regard sur moi change. Mon corps est engourdi par l'étroitesse de la banquette. Elle me propose de changer de place avec elle, je ne veux pas jouer les goujats en acceptant. Néanmoins, sous son insistance, je cède. En fait, j'accepte uniquement parce que mon corps la réclame. Je profite de l'échange pour la toucher et la voir réagir sous mon contact, elle devient rouge écarlate. Elle est trop belle et ne le sait même pas. Elle m'observe des pieds à la tête ce qui me fait sourire. Son regard trahit son désir même si elle le refoule. Elle essaye de faire diversion en reprenant le fil de notre conversation, mais mon écoute n'est que partielle. Seules ses lèvres attirent mon attention. Elles sont pulpeuses. J'ai envie de les embrasser, d'en dessiner le contour du bout de mes doigts. Je fantasme sur une inconnue que je ne reverrai jamais. Mais elle me sort de ce doux rêve.

— Tu m'as dit que tu t'appelles Simon Hatelin, c'est ça ?

— Oui pourquoi ?

Ma réponse est sèche, mais je n'ai pas envie de savoir la suite, j'étais bien. Je ne veux pas qu'elle gâche tout, en me disant tu es l'ancien sportif reconverti dans la politique, mais tu es jeune blablablabla…

— Tu es le ….

— Oui c'est moi !

Ca y est le charme du moment est rompu d'ici quelques minutes, elle va ressembler à l'hôtesse qui ne fait que de me dévisager.

— Tu es le frère de Juliette ?

Elle est la fille la plus épatante que j'ai jamais rencontrée. Alors que mon corps tout entier s'était tendu à sa dernière question, en un instant, il se relâche dans un fou rire. Elle connaît ma sœur, je crois que c'est la première fois de ma vie qu'on m'identifie par rapport à ma sœur. Il faudra que je le dise à Juliette, elle sera fière, pour une fois qu'elle n'était pas que la sœur de …Ma réaction avait dû être trop excessive car son regard exprimait de l'interrogation. Cette fille ne sait vraiment pas cacher ses émotions. Reprendre notre conversation était le seul moyen d'estomper la tension que je venais de créer entre nous. Ses anecdotes sur ma sœur font rejaillir mes souvenirs d'elle. En effet, j'avais écrit une lettre à son frère, qui m'avait répondu en retour. Mais notre correspondance s'était arrêtée rapidement puisqu'à l'époque, je commençais les entrainements intensifs pour le patinage de vitesse. Le temps me manquait.

Comme souvent aux abords de Montréal, nous avons des turbulences. Elle ne doit pas avoir l'habitude car elle est en panique. Elle est vraiment entière comme femme. Elle paraît si forte quand elle parle de ce qu'elle aime mais dès qu'un grain de sable vient engrainer les rouages de la machine, elle devient fragile. Et dans ces moments-là, j'ai envie de la serrer dans mes bras et de la rassurer. Mes mains vont naturellement sur elle c'est comme si son corps m'appelait. J'aime la toucher car elle est si pudique dans ses échanges avec les autres. Je crois qu'elle n'a pas conscience de ce qu'elle est, de ce à quoi elle ressemble et de ce qu'elle peut faire ressentir à un homme comme moi. Elle est à l'opposé de Lucy. Mon ex était sûre d'elle et elle profitait de son corps pour réussir à avoir ce qu'elle veut mais Alexe n'est pas comme cela.

La fin du voyage est proche, l'hôtesse ne s'est pas gênée pour dire à mon invitée qu'il fallait retourner dans la classe économique, mais quelle impolie !!!

Est-ce que je parais égoïste si je dis que je ne veux pas la quitter ? J'ai adoré ces moments de pure détente avec elle, et si je lui demandais son numéro de téléphone. Peut-être un peu trop directe ? Elle n'est pas le genre de femme qu'il faut brusquer. Elle est comme un animal blessé, il faut l'apprivoiser. La subtilité est mon seul atout.

— Si tu veux je prends ton numéro et je le donne à ma sœur.
— Pourquoi pas ? Ce serait sympa de la voir en vrai.

Deuxième première pour moi, être obligé d'utiliser ma sœur pour avoir le numéro d'une fille.

La fin est arrivée, elle me sourit une dernière fois. Je fais une photo mentale pour pouvoir me souvenir de sa bouche, de ses lèvres, de ses yeux qui sont un livre ouvert sur ses sentiments.

Je résiste car j'ai envie de plus, j'ai envie de la goûter, j'ai envie de la garder près de moi.

Je ne peux plus rester assis dans cette partie de l'avion sans elle, c'est vide. Je décide d'aller lui dire un dernier au revoir. Quand j'arrive, elle sort des toilettes, ses joues ont retrouvées une couleur naturelle. J'ai imaginé plusieurs fois ce premier baiser pendant le vol. Je m'approche d'elle, glisse mes mains dans son dos pour la rapprocher de moi, et je pose délicatement mes lèvres sur les siennes pour lui laisser le choix de continuer ou d'arrêter. J'ai envie qu'elle comprenne que c'est elle qui décide, tout en espérant qu'elle choisira de poursuivre notre baiser. Et je suis aux anges quand elle me donne son accord, en m'enlaçant. Cette étreinte me coupe le souffle et me donne encore plus envie d'elle, toute mon anatomie est prête pour elle. Mais l'avion va atterrir et l'hôtesse nous rappelle à l'ordre. Nous devons nous quitter, je n'ai pas envie. Cependant je sais que ce n'est pas la fin. Je vais faire en sorte de la revoir et puis j'ai son numéro donc ce sera plus simple. Nous nous séparons après un dernier baiser.

Je suis arrivé à l'aéroport, je descends pour m'engouffrer dans la limousine qui m'a été affrété. A travers les vitres teintées, les flashes des journalistes crépitent, c'est une question d'habitude…Bon retour à Montréal et à ma vie.

Remerciements

Par qui commencer ????

Merci à mon club de relectrices. Laeti, Laeti, Vaness, Lucy et Zazou, cinq filles dans le vent, qui m'ont soutenue dans les périodes de doutes, d'angoisses, d'euphorie,... Leur patience a été sans faille envers mes névroses. D'ailleurs, j'attribue une mention spéciale à super Zazou, qui grâce à ses mots, a su apaiser mes craintes et qu'enfin, je me tente à l'écriture car sans elle, cette histoire serait restée dans mon imaginaire. Et cela aurait été dommage...

Merci à mon mari. Ma reconnaissance est éternelle. Un homme merveilleux qui a capturé mon cœur et qui le garde prisonnier depuis plus de dix ans. En temps normal, il est le soleil autour duquel je gravite mais pendant ma période d'écriture, je suis un peu sortie de mon orbite délaissant ma famille au profit de mes héros le tout rythmé par mes conférences téléphoniques avec mes drôles de dames.

Merci à ma Wonder Woman de l'orthographe. Elle a eu la lourde tâche de se focaliser sur les mots et non sur l'histoire. La pauvre a du se concentrer sur deux cent pages et je lui en suis reconnaissante car ce n'est pas donné à tout le monde. De plus, elle sait trouver une cause à défendre : l'utilisation des accents circonflexes qui avait désertés l'ensemble de mon texte...oups...

Merci à Carine Lipsteinas. La fée graphisme, qui en un coup de souris, a su répondre à mes envies. Ses mains sont de l'or à l'état brut, son talent est inégalable. Et c'est aveuglément et en toute confiance que je lui confie mes futurs projets. Sa sensibilité et sa douceur à fleur de peau ont fait d'elle une personne à l'écoute des besoins des autres afin de les capter et de les retranscrire exactement comme on le voudrait. Les couleurs, les formes, les styles d'écriture n'ont plus aucun secret pour elle ce qui en fait la personne à connaitre dans ce milieu.

Et enfin, merci à vous. Je vous suis reconnaissante d'avoir pris de votre temps pour faire la rencontre avec Alexe et Simon. Deux personnages attachants pour lequel j'ai eu un plaisir fou à les faire évoluer dans chacune de leur sphère. J'espère que mon récit vous a permis de vous évader de votre quotidien voire même de vous avoir donné envie d'aller visiter le Canada. Mais promis, je n'ai pas de commission sur vos voyages...